노년의 아름다운 삶

꽃 노을

이재영 수필집

노년의 아름다운 삶

꽃 노을

이재영 수필집

각기 다른 별개의 둘 인격체가 자주 만나다 보면 서로를 이해하고 공감하는 부분이 생기게 된다. 함께하는 시간이 많아져 추억거리가 쌓이면, 점점 정이 들고, 어느새 사랑의 감정을 느끼게 마련이다.

그러다 어느 날, 둘 사이 간격 없이 기댄 사람ㅅ이 되어, 서로 의지하며 평생을 함께 살자는 맹세를 하게 된다.

결혼하여 가정을 이루고, 사랑의 열매인 자식이 생기면 가족이 형성된다.

생활을 위한 수단인 돈을 벌기 위해 젊음을 바쳐 물불 안 가리고 열심히 일한다.

아이들이 성장히면 키우는 재미와 재롱에 빠져, 더욱 ㅏ은 보금자리 마련과 가족의 미래를 위해, 자신의 존재도 잊고 정신없이 뛰게 된다.

몸은 고달파도 서로의 따뜻한 애정으로 위로하고 격려하며 숱한 어려움도 잘 견뎌낸다.

그러다 어느 날 문득, 품속의 꼬맹이가 다 큰 어른이 되어 내 통제권 밖에 있음에 놀라고, 기대감이 한순간에 무너지면서 무한한 허탈감에 빠지기도 한다.

자식으로 멍든 가슴을 부부가 서로 달래 주면 좋으련만, 삶에 지쳐 정마저 말라붙은 육신은 어느새 따뜻한 미소도 고갈되어, 서로에게 책임을 전가하는 지경에 이른다.

직장 생활에서 은퇴한 남편은 자신의 인생 이모작을 구상하며 함께 고생하고 늙어온 아내의 노후생활은 염두에 두지도 않는다.

그런 남편에게 평생 쥐여살아 온 아내는 여생이라도 자유롭게 살고 싶어 경제권의 분할을 요구한다.

황혼 이혼이니 졸혼이 신조어가 아니고 유행어가 되어가면서 노부부의 위치는 더욱 위태로워진다.

이런 때일수록, 조금만 상대를 이해하고 조금씩 양보하면, 의외로 곱게 익어가는 노을처럼 아름다운 인생의 황혼을 즐길 수도 있지 않을까?

나도 장편 소설 한 권 분량이 넘을 험난한 인생길을 걸어온 사람이다. 그래서 많은 이야기를 후대에 남길 수 있을지도 모르겠다.

그런데, 칠순이 지난 지금 돌이켜 보니, 누구나 겪을 수 있는 삶이었구나 싶다. 하여, 어려움에 고민하는 다른 분들께 조금이라도 도움이 되고자 책으로 남긴다.

한때 식구가 뿔뿔이 흩어졌던 어려운 시기에 내 곁을 묵묵히 지켜준 아내와 중·고등학생으로 비뚤어지지 않고 바르게 자란 두 아들에게 고마운 마음을 전한다.

차 례

작가의 말
4

1부

어느 겨울밤

벌써 저녁 9시가 넘었다. 내 방에서 이곳저곳 회원 가입된 카페를 열어보던 마우스를 멈추고 거실로 나왔다. 베란다 쪽 미닫이 유리문을 열고 큰 고무 대야에 고인 물을 양동이에 퍼서 담았다. 베란다에 있는 수도꼭지에서 한 방울 두 방울씩 거의 새다시피 떨어지는 낙수를 받아 모아서, 두 내외가 생활용수로 사용한 지가 일 년쯤 되었다.

"누수되는 수돗물도 대금을 지급해야 하는 거지, 그냥 쓰면 도용 아닌가?"

처음에는 핀잔을 주었지만, 지금은 그런 말을 할 명분도 내세울 처지가 못 된다.

베란다 바깥 분리수거장에서 아파트 주민들 말소리와 유리병과 빈 캔들이 부딪치는 소리가 간간이 들렸다. 수거일인 매주 수요일은 네댓 명의 성비원들이 무척 힘들어 보인다. 지금처럼 한겨울 추위가 매서운 저녁나절에는 오륙십 대로 보이는 분들이라 더 하겠지.

대학에서 전자공학을 전공한 나는 대기업 연구소에 취직되어 20여 년간을 성실하게 근무했다. 부장까지 지내다가 내가 하고 싶은 일을 해야겠다며 스스로 직장을 나와 직접 회사를 차렸다. 연구 개발한 제품으로 특허도 내고 제조업체를 차려 수십 명 직원을 먹여 살리며 힘들게 운영했다. 부침을 거듭하며 20여 년간 세월과 돈만 낭비하다가 결국 사업을 접고 아무런 대책 없이 집안에 칩거한 지가 한 해를 넘어간다.

얼마 전에 구인광고 신문을 보고 근처의 아파트 경비원에 응시했다가 떨어졌다. 세 명이 왔었는데 힘든 일을 했음 직한 두 명은 되고 나만 나중에 보자더니 연락이 없었다. 설령 되었다고 해도 내후년부터는 나이 때문에 그 일도 할 수 없다고 한다.

아내는 초등학교 동창으로 같은 대학을 나와 결혼한 지가 어언 40주년이 되었다. 간호학을 전공해서 양호교사로 재직하다가 8년쯤 전에 명예퇴임을 했다. 내 얘기를 들은 아내는 나를 대신해 몇 푼 벌어보겠다며 이력서를 작성하더니 용케도 요양보호사 학원에 강사로 나가고 있다.

어제그저께 연이틀 주간과 야간 강의를 힘들게 하고, 오늘 낮에 모처럼 여고 동창 친구 만나러 외출했던 아내는 5시도 안 되어 돌아왔다.

"더 놀다 오지 뭐 이리 빨리 왔어?"

"김 교수 대신 야간 좀 해달라는 급한 연락이 왔어요."

저녁도 먹는 둥 마는 둥, 어제 학원 제자가 줬다는 매생잇국에 잡곡밥을 말아먹고는 서둘러 챙겨서 나갔다. 야간 강의 3시간을 마치고 오면 10시쯤에나 돌아올 것이다.

양동이에 절반쯤 물을 채워서 조심스레 들고 주방으로 날랐다. 식탁 위에 타월을 펼쳐서 두 손바닥 넓이의, 아내가 쓸 찜질 팩 두 개를 겹쳐 놓고 네 모서리를 감싸 접어 양동이 물속에 담갔다. 아내가 오면 욕실에 미리 퍼다 날라놓은 다른 양동이의 찬물과 섞어서 뜨뜻하게 목욕할 물을 데워놓을 참이다.

양동이를 양손으로 번쩍 들어 가스레인지에 올려놓았다. 매번 할 때마다 느끼는 거지만, 나보다 키가 한 뼘이나 작고 힘도 약한 아내가 그동안 살림하느라 무척 힘들었겠다 싶다. 어쩌다 찬장 높은 곳의 그릇을 내릴 때면, 아슬아슬하게 까치발을 했을 아내를 생각하고 코끝이 찡해지기도 한다.

식탁 옆 벽에 걸린 가족사진 속에서 장남 내외와 차남이 내려다보며 "아버지 뭐 하세요? 그냥 보일러 더운물로 샤워하지 그러세요" 하고 웃는 듯해서, 멈칫 민망해졌다. 서른여덟 살인 장남은 결혼해서 손녀가 올해 봄에 입학하고, 세 살 터울의 차남은 직장의 기숙사에서 숙식하며 집안 행사가 있을 때나 들른다.

보일러 가스비용 아낀다고 조그만 전기장판 두 개로 거실 마루와 안방 침대만 데우고 지내왔다. 그러다 낼모레 새해 떡국 먹으러 올 어린 손녀를 생각해 며칠 전부터 보일러를 작동시켰다. 그런데도 어제 나온 가스비용 고지서를 보고는 아내가 놀라서 기함했다. 지난달보다 다섯 배나 많이 나와서 나도 함께 놀랐다.

"박 선생 집에는 15도에 맞춘다는데, 우리는 19도나 되니까!"

보일러 조종기 온도 수치를 들여다본 아내는 못마땅한 눈초리로 투덜거렸다.

처음 보일러를 켤 때 아내의 요구를 묵살하고, "상온이 20도인데, 19

도에 맞추는데 뭘 그래!" 하며 윽박질렀던 터라 계면쩍어서 아무 말도 못 했다.

가스레인지 불을 약하게 켰다. 50분은 걸릴 거니까 이따가 센 불로 끓이느니, 약하게 오랫동안 데우면 아무래도 가스비용이 덜 들겠지 싶었다.

주접스럽게 궁상을 떨고 마나님이 오셨을 때 지적받을 건 없을까 둘러보며 주섬주섬 치우고는 내 방으로 들어왔다. 학창 시절에 문예부에 들어있었던 나는 글을 쓰는 작가가 되기로 작정하고, 지금은 상금이 걸린 SF공상과학 소설 공모전 몇 군데에 응시할 원고를 쓰고 있다.

'우주와 별' 카페에서 새로 올라온 기사를 열어봤다. 두 은하계가 충돌해서 생긴 블랙홀이 가스성운을 엄청나게 빨아들이고 있다는 흥미로운 내용이다. 광활하고 끝이 없어 보이는 이 우주도 고작 92개의 자연 원소로 구성되어있다. 지구의 모든 생명체도 마찬가지여서 우리 인간도 그중 몇 개의 원소로 구성된 셈이다.

죽으면 육신은 분해되어 원래의 원소로 환원되겠지만 혹시 영혼이라는 게 있어 어딘가에 머물며 영원히 존재하지는 않을까 하는 희망이 있어 그나마 다행이다 싶다.

"삑, 삑, 삑~" 몇십 분도 안 돼서 출입문 도어 잠금장치의 번호키 누르는 소리가 들렸다. 강의 끝날 시간도 아닌데 벌써 아내가 돌아왔다.

"왜 이리 일찍 왔어?"

"몸이 아파서 얼른 끝내고 왔어요. 감기 걸렸나 봐. 콧물도 나고."

"감기? 낮에 놀러 가서 걸려 온 거 아니야?"

"모르겠어요. 목도 꽉 잠기고 오슬오슬 춥네요."

큰일 났다 싶어 얼른 양동이의 가스 불부터 세게 올렸다. 그사이 아내는 가방에서 밀감이랑 찐 계란, 무말랭이무침을 꺼내 놓는다. 나이 많은 학원 수강생들이 갖다 준 것들이다. 자주 있는 일이다.

무거운 가방을 들고 다니느라 양쪽 어깨가 아팠던 아내는 몇 달간을 치료했는데도 아직 덜 나아서, 윗옷을 벗을 때는 내가 도와준다. 코감기약 한 알을 먹고 속옷 바람으로 한참을 앉아 있다가 아내는 욕실로 들어갔다.

"나 먼저, 일찍 잘게요."

아침 식사 때만 해도 표정이 밝았는데, 해쓱해진 얼굴이 너무 안쓰럽다. 이럴 때 내기 헤줄 수 있는 건 아무것도 없다.

아내가 받는 연금은 내가 사업할 때 지인들에게서 빌린 부채 탕감에 거의 다 들어가고, 내가 받는 몇 푼 안 되는 연금도 별로 여유가 없다. 환갑이 지난 나이에 마다치 않고 직장에 다니면서, 오히려 내가 다른 생각이나 하지 않을까 염려하는 기색을 볼 때면, 하릴없는 회한으로 가슴이 멘다.

"그래, 잘 자고 푹 쉬어! 내일 또 강의 있지?"

어물쩍 뒤따르다, 내 방으로 돌아왔다.

담뱃값이 두 배로 올라, 대책이랍시고 절반만 피우다 재떨이에 세워둔 꽁초에 불을 붙였다. 오늘따라 꽁초가 더 쓴맛이 난다.

3년 전에 갑상샘 수술을 받아 회복은 되었지만, 담배 연기가 해로울 아내를 위해서라도 끊어야 할 텐데, 인디언들의 영령과의 교감이 어쩌고 하며 억지 주장을 내세워 아직도 피우고 있다. 구제 불능인 한심한 인간!

폐 속으로 깊이 삼켰던 연기를 내뿜는데 식탁에서 달그락 물 따르는 소리가 들렸다.

"약을 먹어 그런지, 잠이 잘 안 와요."

아내의 양 볼이 볼그레하게 부은 듯이 보여 걱정이 된다.

"티브이라도 좀 보다가, 여기서 자든지."

거실 바닥에 펼쳐놓은 내 이불을 들치고, 소파 끝에 베개를 받쳐 등받이를 만들어 줬다. 이렇게 따로 잠자리 만든 지도 몇 년 되었다. 아내가 좋아하고 나는 별로인, 여러 명이 나와서 남편과 아내 흉이나 보는 채널에 맞춰주었다.

잠시 후 조용하다 싶어 보니, 아내가 고개를 옆으로 떨구고 잠이 들어있다. 예전엔 내가 곁에 없으면 잠도 들지 못했는데.

잠든 아내의 얼굴이 신혼 때 새색시처럼 곱다. 아니, 초등학교 5학년 때 처음 봤던 그 순진하고 귀여웠던 얼굴이다.

2015년 2월 어느 겨울밤에(『문예감성』 2017년 봄호)

황혼길

"학력 무관, 경력 무관, 계약직 1년, 우대 조건. 단 54세 미만."

구인 정보를 검색하던 나는 또다시 맥이 풀렸다. 내가 10년은 젊어져야 그나마 1년 계약직에 지원할 수 있다는 얘기였다.

어쩌다 조건이 맞고 연봉도 괜찮은 곳을 찾아 연락했다. 서울 강남의 큰 빌딩 방재실 대리를 구하는데 '기술 자격증 소지자에 한함'이었다. 나는 은퇴한 첫해에 열심히 공부해서 그 어려운 〈소방설비기사〉 자격증을 땄다.

"주 6일 근무고, 회사 근처에 살아야 합니다. 밤중에라도 비상사태가 생기면 급히 출근해야 하니까요."

집에서 전철로 2시간 걸리는 출퇴근이야 감내하겠지만, 초등 동창인 아내와 단둘이 살면서 주말부부를 할 수는 없는 노릇이었다.

하루는 〈교차로〉와 〈가로수〉 구인란을 뒤적거리다 아내에게 넌지시 물었다.

"여보, 나 아파트 경비원으로 근무해도 괜찮겠어?"

"나는 상관없어요. 이 나이에 누구 눈치 보겠어요? 경비원도 직업인데."

마침 집 근처에 자리가 있어 고민하다가 소개소에 연락했다. 이력서를 보내고 간곡히 부탁했다.

24시간 맞교대 근무로 월급은 140만 원인데 취직되면 소개비 14만 원을 선불로 달란다.

이틀 뒤, 소개소 안내로 그 아파트 입구에서 용역회사 부장이라는 사람을 만났다. 나 혼자인 줄 알았는데 두 명이 더 있었다.

"이력서 가져오셨죠? 이리 주세요."

얼핏 모두 동년배로 보였다.

샌들을 신은 키 큰 사람은 다리를 조금 저는 것 같았다. 작고 등이 구부정한 이는 힘든 일을 많이 한 듯 손이 거칠었다.

부장은 우리를 아파트 관리사무소 회의실로 안내했다.

"심삼일 씨는 경력이 화려한데, 일할 수 있겠어요?"

"아, 다 지난 일입니다. 새로운 마음으로 해볼까 합니다."

다른 두 사람은 이미 경비원 경험이 있는 듯했다.

등 굽은 박 씨 아저씨에게 한 시간 거린데 문제없겠느냐 물으니 자가용이 있어 괜찮다고 대답했다.

"여기는 한 명만 필요합니다. 낼모레 건너편 B 아파트에서 한 명 더 뽑아요. 다음 주에 저~기 20분 거리에 C 아파트가 있고요. 근무하긴 제일 나을 겁니다."

부장은 우리를 유심히 훑어보더니 결정을 내렸다.

"여기는 박○○ 씨가 나오도록 하세요. 그리고 B는 어느 분이 원하세요?"

이력서 주소를 봤으면 내 집에서 5분 거리인 줄 알 텐데 싶어 대답했다.

"우리 집에서 가까워 B면 좋겠습니다."

"아이고, 나는 바로 옆이에요."

키 큰 샌들이 확실히 하겠다는 듯 점을 찍었다.

나는 3명 중 최하위인 느낌이 들어 귓불이 붉어지려 했다.

"그러면 생각해보고 연락하겠습니다. 수고하셨어요."

올 때만 해도 새로운 일에 잘 적응하리라 다짐했는데, 휑한 가슴으로 찬바람이 스며들었다.

삼 일이 지나도 연락은 없었다.

어쩌면 연락이 안 오기를 바랐는지도 모르겠다.

다 버린 줄 알았던 자존심이 되살아나기라도 한 것일까?

나는 소개소에 전화를 걸어 다른 일을 하게 됐다며, 미안하단 말을 전했다.

"내가 부업 하면 되니 당신은 잘할 수 있는 일을 하세요. 그림을 그리든지, 색소폰을 불어도 좋고."

아내가 진지한 미소로 위로했다.

자신감 있는 체력만으로, 마음을 비우겠다는 결심만으로, 쉽게 얻어지는 일자리는 없을 터였다.

"글을 써 볼까 싶어, 여보. 당연히 벌이는 안 되겠지만 뭔가 남기고 싶어!"

세상살이에 휘몰려 잊어버렸던, 때 묻지 않았던 시절로 돌아가고 싶었다.

나는 컴퓨터에 '황혼길'이라는 작문 파일을 새로 만들었다.

2014년 11월 – 이모작 인생 출발 후 두 번째 작성 수필,
『좋은 생각』 2016년 10월호 '(특집) 끝내지 못한 숙제' 수록

홀로 바둑을 두며

바둑에는 급수가 있다. 9급부터 시작하여 한 급씩 올라가며 5급이면 남들한테 "바둑 좀 둡니다"라고 말할 수 있는 수준이다. 3급 정도면 1급인 사람과 두 점만 접고 두면 되니까 누구와도 대국할 수 있는 꽤 잘 두는 편에 속한다.

웬만한 직장에는 '기우회' 같은 바둑 동호인 모임이 있어 매년 두서너 번쯤의 대국 시합이 있다. 휴일 아침부터 기원에 모여 급수별로 상급, 중급, 하급으로 나누어 대진표를 짜고 토너먼트로 진행한다. 그동안 갈고닦은 실력을 점검해 볼 수 있고 자신의 급수를 상대적으로 평가해 볼 수 있는 좋은 기회라서 모두 진지한 모습으로 대국에 임한다. 대국 시간을 프로 기사들처럼 체크할 수 없으니까 자칫 장고파 상대를 만나면 승부를 겨루는데 한 시간을 훌쩍 넘기는 건 다반사이다.

패자부활전도 있어서 결승전에라도 오르려면 점심을 배달 자장면으로 때우고 머리에 쥐가 날 정도로 혼전을 치르고서 해 질 녘에야 부상으로 바둑판이나 바둑알을 받아 들게 된다. 얼핏 보면 두뇌 싸움 같지만, 체력과 인내심의 대결이라 볼 수도 있으니, 단순한 취미나 잡기를 넘어선 그 무엇이 내포되어 있다고 해도 과언은 아닐 것이다.

우승과 준우승을 하면 한 급이 올라가는데 대부분 처음 급수를 신청할 때 실제 급수보다 한두 급 정도 낮추므로 보통은 짠 급수들이라서 자신의 수준을 가늠해 보기가 쉽지는 않다.

　어릴 때 집에 바둑판이 있었다. 바둑돌을 담는 용기는 나무를 깎아 만든 것으로 모양새가 그럴 싸 했는데 정작 바둑알은 영 볼품없는 것이었다. 검은 돌은 어느 바닷가 몽돌밭에서 주워온 건지 납작한 게 매끈거리는 감촉은 좋고 검지와 중지 사이에 끼워 바둑판에 놓을 때 내는 둔탁한 소리도 듣기가 괜찮았다. 하지만 하얀 돌은 조개껍데기를 갈아서 엄지손톱 크기 정도로 만든 것인데 크기도 고르지 않거니와 너무 얇아서 바둑판 위에 둘 때 톡톡거리는 것이 착석하는 손맛을 경감시켜 버린다.

　4학년 때 아버지가 처음으로 바둑 두는 법을 가르쳐 주셨다. 선이 가로세로 19줄씩 그어져 서로 만나는 교차점이 361개이다. 두 명이 마주 앉아 번갈아 두는 거니까 한 사람이 180번 이내로 둘 수 있겠다. 사각형의 바둑판에 각자의 돌로 경계선을 만들어 집을 짓고 지어놓은 집의 수가 많으면 이기는 것이다.

　사이좋게 반씩 나누어 살면 좋으련만 집 수가 홀수이니 누군가는 한 집이 모자라서 질 수밖에 없다. 너 죽고 나 사는 게 시합이니까 한 집이라도 더 지으려면 부지런히 울타리를 치거나, 상대편 담장을 침범해 치열한 접전을 벌여서 무너뜨릴 수밖에 별도리가 없다.

　인생살이도 마찬가지가 아닐까? 한정된 땅덩어리를 한 평이라도 더 차지하려고 아옹다옹 다투고 바둥거리며 필사적으로 살아가는 것이 너무나 바둑과 흡사하다.

바둑은 먼저 말뚝 박는 사람이 유리하니까 하급자나 나이 어린 사람이 흑을 잡고 먼저 둔다. 세상살이도 먼저 태어난 연장자가 기득권을 가지고 이미 많은 땅을 차지하고 있어 유리하다. 불리한 후발 주자는 밤낮없이 청춘을 다 바쳐 열심히 일하며 한 뼘씩 땅을 불려 나갈 수밖에 달리 방법이 없다.

자칫 다급한 마음에 무모한 반칙을 범하다가는 제대로 살아보지도 못하고 시간 종료 전에 시합장을 떠나야 할지도 모른다.

바둑 두는 것이 직업인 프로 기사들의 대국에서는 먼저 두는 사람이 다섯 집 반 정도의 덤을 핸디캡으로 가지고 집 수에서 공제하게 된다. 선착의 유리함을 상쇄하고 비기는 경우도 방지하는 묘책인데 예전엔 네 집 반이던 것이 최근에는 여섯 집 반까지 늘어난 대국전도 있다. 그만큼 먼저 시작하는 사람이 훨씬 유리하다는 분석이리라.

인생에서 선착자인 선배의 덤은 핸디캡이 아니라 인센티브로 주어져 있으니 바둑 시합과는 정반대의 아이러니가 아닐까?

"한 수만 물리면 안 될까요?"

사활이 걸린 전투를 서로가 가진 계략을 총동원해서 치르다가 병사의 포석이 잘못됐다고 다시 두겠다는 염치없는 소리다. 한번 둔 돌은 거둘 수 없다는 '일수불퇴'의 기본 룰도 모르느냐며 고집하다가도, 한두 번은 웃으며 물려주는 것이 지인들 사이의 대국에서는 흔한 인심이다. 행여 지더라도 새로 한 판 더 두어서 자웅을 겨루면 되니까 다음 판 전투에서 승리하면 되리라는 기대감에서 우러난 여유로운 심리의 소치일 것이다.

그러나 한 번뿐인 인생에서는 가당키나 한 말인가? 웬만큼 수양하고 무소유의 철학 나부랭이에 심취한 사람이 아니고서야 어림 반 푼도 없는 소리다.

"내가 죽어 줄 테니 너나, 잘 사세요." 할 사람이 어디에 있기나 하겠는가 말이다.

하물며 친인척 간, 형제간, 심지어 부모와 자식 간에도 재산 문제로 다툼하는 경우가 다반사인 요즘의 세태에서야!

학창 시절에 6급이었는데 수십 년이 지난 지금은 조금 늘어서 3급이나 될까 싶다. 수십 년이라고 해도 대국을 한 것은 서너 배도 안 될 것이고 바둑책을 보고 혼자서 묘수풀이를 하거나 바둑 채널을 통해 조금씩 향상된 결과일 뿐이니까.

몇 년 전만 해도 초등학교 때 기원에 다녀서 급수가 확실한 아들놈과 몇 달에 한 번쯤은 대국을 즐겼다. 처음엔 내가 흑을 쥐고도 졌는데 아들이 직장생활을 시작한 몇 년 뒤부터 바뀌어서 백을 쥐고도 이기는 횟수가 많아졌다. 내가 실력이 늘어서라기보다는 아들이 바둑판 대국이 아닌, 실제 인생살이 대국장에서 치열한 전투를 치르느라 한가한 신선놀음에 빠질 여유가 없어서일 게다. 회사 다니며 객지에서 자취생활 하다가 어쩌다 휴일에 집에 들러 아침 늦잠을 즐기는 아들에게 "바둑 한판 둘래?" 하는 말도 선뜻 꺼내기가 망설여진다.

요즘엔 괜찮은 바둑 프로그램을 다운로드해서 컴퓨터로 혼자서 대국을 즐긴다. 6급부터 5단까지 분류되어 상대와 자기 급수를 선택할 수 있고, 덤과 접바둑도 정할 수 있어 잘 설계된 프로그램 같다. 두다가 중간 계가도 물으면 답해주고, 컴퓨터는 2초도 안 되어 다음 수를 착점하는데, 내가 한참 동안 다른 볼일 보고와도 묵묵히 기다려 주는 것이 제일 마음에 든다. 잘못 두어 물려 달라고 하면 몇 수라도 물려주고 영 불리하다 싶어 새 판을 요구하면 얼마든지 응해준다.

가끔 웃기는 일도 생긴다. 내가 유리하다 싶어 신나게 두고 있는데 화면에 갑자기 영문 글자가 떠서 깜박거린다.

"당신이 이겼습니다. 동의하십니까?" 하는 문자를 보고는 컴퓨터의 돌을 던지는 항복 선언에 불계승의 통쾌감까지 맛보게 된다.

40년 가까운 사회생활도 접고 친구들과의 교우도 소원해져 집안에 박혀서 무료한 시간을 보내다가 과묵한 친구 하나 생긴 셈인데 벌써 1년이 되어간다.

세상에 태어나 가족과 친인척 외에 친구와 동료, 지인을 만들고 안면을 넓히며 살다가, 다시 한 명씩 벌어져 가고 결국엔 혼자가 되는 게 인생사가 아니던가.

별다른 탈 없이 만나고 헤어지기만 해도 그나마 다행한 친분이고 감사한 일일 테고!

한마디 말도 없이 눈으로 바둑알만 쳐다보다가 마우스를 클릭하는 손짓만으로 대화를 나누는 컴퓨터이지만, 어느새 수십 년을 함께한 친구들보다 지금은 내게 더 필요하고 친근한 벗이 되어 버렸다.

컴퓨터를 끄고 고개를 들면, 그래도 친구들이 그리워지는 건 무슨 미련스러운 심사이던가.

(2015년 2월 어느날)

『문예감성』 2015년 봄호(제10회 신인상 당선, 수필가 등단작)

내 젊음 강물처럼 흘러

강물에 벗꽃 꽃잎이 희끗희끗 떠내려온다.

고인 듯 느리게 흐르던 남강 물줄기가 큰 바위를 만나자 밀어낼 듯이 휘몰아 감고 돈다.

서른 개의 아름드리 기둥 위에 우뚝 선 촉석루, 그 아래 비스듬히 깎아져 내린 암벽 끝, 폴짝 뛰면 건널 거리에 붙어있는 의암義巖이다.

진주성이 함락되자 열아홉 살 기생 논개論介가 열 손가락에 가락지를 끼고, 승전 연회 술에 취한 적장을 유인하여 꽉 껴안고 물에 빠져 순절했다는 바로 그 바위다.

4백여 년 전 임진왜란 2차 진주성 전투에서 성을 지키던 조선 군사와 민간인 6만여 명이 몰살당하였다. 밤낮없이 버티며 7일째 되던 날, 오후에 비가 내려 동문의 성벽이 무너지자, 왜군이 노도처럼 밀려들었단다.

성을 함락한 왜병은 그 많은 시체를 다 어떻게 처리했을까?

땅속에 파묻지는 못하고 화장할 수밖에 없었을 텐데, 젖은 시체를 태울 만큼 충분한 마른 장작을 어디서도 구하지 못했을 것이다.

그랬다면 방도는 단 하나, 저 흐르는 강물 속에 던져넣어 수장시키는 방법 외에 별도리가 있었겠는가? 그때 왜병까지 포함해 8만 구에 가까운 송장에서 흘러나온 선혈로 이 남강은 붉게 물들었을 것이다.

양력 7월 말이라 수심이 깊어서 쉽게 떠내려가기는 했겠지만, 남지를 거쳐 낙동강 하구에 이르기까지 몇 날 며칠을 붉은 강물 위에 시신이 둥둥 떠가는, 차마 눈 뜨고 볼 수 없는 장면이 펼쳐졌을 것이다.

대학교 새내기 때 낙동강 하구 하단에서 거룻배를 타고 을숙도에 건너간 적이 있다.

키를 넘는 크기의 넓은 갈대밭에 놀랐고, 미로 같은 갈대 숲을 바스락거리며 거닐 때, 갈잎을 스치는 바람결에 뭔가 으스스한 느낌을 받았던 기억이 지금도 생생하다.

어쩌면 진주성 남강에서 떠내려간 시신들이 갈대가 되어 세세연년 피어나고, 원한에 사무쳐 승천昇天하지 못한 영혼들이 구천九泉을 떠돌며 울부짖는 비명을 들어서였는지도 모르겠다.

나는 진주에서 초·중·고교를 다녔다.

한여름엔 자주 남강에서 목욕했는데, 알몸으로 가만히 물속에 앉아 있으면 송사리 떼가 잔뜩 몰려왔다. 비누칠 한 수건으로 몸을 훔치고 있어도 송사리들이 그곳을 물어뜯어 꽤나 아팠다.

강둑으로 둘러싸인 시 외곽의 신안동에 살았고 집에서 바라보면 남강까지 천 미터도 넘는 거리의 드넓은 벌판이 모두 밭이었다.

어쩌다 큰 태풍이 오면 그 넓은 들판이 온통 홍수에 잠겨 며칠씩 누런 바다로 변했다. 물이 빠지면 상류인 경호강에서 실려 온 비옥한 황토에 덮인 들판은 옥토沃土로 변했고, 온갖 채소와 과일을 풍성하게 생산해내었다.

남강까지 멱감으러 가는 길가의 밭에서 발갛게 익어가는 토마토와 노랗게 잘 익어 단내를 풍기는 참외는 당연히 서리 대상이었다.

돌아올 때는 강변의 큰 포도원에서 싱싱한 포도 몇 송이를 싼값에 사와서 가족들과 맛있게 나눠 먹었다. 땡볕이 내리쬐는 들판 길을 걸어오면서 포도 한 송이를 야금야금 다 먹고 술에 취한 듯 비틀거린 적도 있다.

내 몸은 어릴 적부터 어른이 될 때까지 저 남강물이 키운 셈이다. 어쩌면 내 몸의 세포 어딘가에 남강물의 흔적이 어떤 기질로든 남아있음이 분명하다.

아내는 초등학교 5·6학년 때 한 반이었고, 대학교도 부산에서 같은 학교에 다녔다.

간호학과인 아내는 의과대학에 딸린 기숙사에 있었고, 공과대학 전자과가 있는 본교 캠퍼스에서 시내버스로 한 시간이 넘는 거리라 편지를 주고받았다.

대학 첫 여름방학에 이 남강 상류 강변길을 나란히 걸으며 오붓한 데이트를 즐겼다. 파라솔 하나로 햇볕을 가리며 걷다가 시원한 나무 그늘에 들어가 솔솔 부는 싱그러운 강바람에 땀을 식히고, 정다운 담소와 미소를 나누며 젊은 날의 추억을 만들었다.

겨울방학 때는 준공된 남강댐 진양호에서 노 젓는 보트를 타고 놀았다. 수몰되어 작은 섬으로 변한 호젓한 산마루에 보트를 대고 올라가, 으슥한 양달쪽에서 달콤한 미래를 약속했다.

부모님이 마흔 중반에 딸 셋 밑으로 낳은 외아들이라, 졸업하여 취직되자마자 결혼했고, 직장이 있는 천 리 밖 수원에서 살았다.

젊었던 시절을 객지에서 덧없이 다 보내고, 올해 고희古稀인 칠순을 맞아 아내와 함께 기념 여행으로 내려왔다.

결혼 5년 차인 둘째 아들 부부가 효도한다고 모시고 왔는데, 두 아들은 마흔 살이 넘었고 장남의 딸인 손녀는 벌써 중학생이 되었다.

여기 촉석루에 오기 전에 우리 모교 진주(중안)초등학교에 먼저 가서 둘러보았다. 11살에 만나 12살까지 같은 반에서 반장과 부반장으로 보냈던 시절을 회상하며 놀랍도록 작아진 교실을 창문 너머로 들여다봤다.

"당신 괜찮으면 이제는 여기 내려와 살고 싶네요."

강물을 바라보던 아내가 눈길을 돌려 생긋이 웃으며 내 눈치를 살폈다.

아내의 고운 눈동자 속에, 함께했던 그 시절의 순수했던 추억이 빛바랜 사진으로 간직되어 있나 보다.

멀리 낙동강으로 흘러가는 잔잔한 물결이 햇빛에 반사되어 서리 내린 내 하얀 머릿결처럼 은빛으로 반짝인다.

남강문학협회 협회지 『남강문학』 2021년 봄(제14호) 수록

셋째 누나

"구름이 구름이 하늘에다 그림을, 그림을 그립니다. 노루도 그려 놓고 토끼도 그려 놓고. 동생하고 나하고 풀밭에 앉아 흘러가는 구름을 바라봅니다. 바~라~ 봅니다."

내가 경남 하동군 악양국민학교 2학년이던 겨울방학에 셋째 누나가 내게 가르쳐주면서 함께 불렀던 동요다.

나보다 7살 많고 중학교 3학년이던 누나는 시외버스로 두 시간 거리인 진주 시내에서 하숙하며 학교에 다녔다.

그때 누나가 내게 준 크리스마스 카드에, 커다랗고 빨간 포인세티아 꽃잎이 그려져 있었고, 눈 덮인 외국 시골 마을을 배경으로 사슴이 끌고 산타할아버지가 탄 썰매가 달리고 있었다. 태어나 처음 보는, 동화 속 세상에니 있을 법한, 신기한 풍경이라 지금까지도 그 모습이 생생하게 기억난다.

다음 해 누나가 교육대학교 전신인 진주사범학교에 입학하자, 국민학교 교장이던 아버지는 진양군으로 전근하였고, 우리 집도 진주 시내 사범학교 근처로 이사했다.

내가 5학년일 때 사범학교 3학년생 세 명이 교생실습을 나왔는데, 친구 한 명이 내 누나도 교생이라고 말하자 누나 이름을 물었다. 이름을 들은 교생들은 공부도 잘하는 누나를 잘 알고 있었고, 누구의 애인이라며 소곤거렸는데 그 남학생이 잘난 것 같아서 나는 누나가 무척 자랑스러웠다.

누나가 선생님이 되어 하동군 북천국민학교에 첫 발령이 났고, 나는 6학년 여름방학 때 누나를 따라가 자취하는 학교 관사에서 하룻밤 자고 놀다 왔다.

그때 나는 진주 시내에서 제일 크고 전교생이 3천여 명이던 중안국민학교의 전교 어린이회장이어서 누나가 나를 선생님들한테 자랑하려고 데려간 줄 알았다.

누나는 내게 학교 신문에 실릴 거라며 동시를 하나 짓게 했고, 다음 날 그 동네 어느 부잣집에 가서 어른들과 가족에게 나를 인사시키고 다과 대접을 받고 왔다. 그런데 그때 만난 나랑 동갑인 그 집 남학생이 북천국민학교에서 공부를 제일 잘한다고 했는데, 다음 해 진주 중학교에 입학해서 친구가 되었다.

그때는 중학교도 시험을 치르고 들어가서 시골 학교 출신은 입학이 쉽지 않았다.

내가 고등학교 다닐 무렵 누나는 교회에 나가는 눈치였다. 엄마가 절에 다니며 불공을 드리는데, 딸이 교회에 나가면서 하느님을 믿어도 되는가 싶어 누나가 아주 못마땅했다.

그리고 얼마 지나지 않아 누나가 결혼하게 되었는데, 이럴 수가?

사돈어른이 장로교회 목사이고 자형 될 사람은 신학대학을 나온 고등학교 영어 교사였다. 철저한 예수교인 집안에 시집을 가는 것이다.

그런데, 그뿐이랴? 6학년 때 북천면에서 만났던 그 친구가 바로 내 자형의 사촌 동생이었다.

자형 집안에서 그때부터 누나를 며느릿감으로 일찌감치 점찍었더란 얘기다.

결혼식을 올린 누나는 하필 무슨 사정이 있어 우리 집에서 두어 달 신혼생활을 보내게 되었다.

시집갈 집안에 포섭되어 종교까지 바꾼(?) 누나가 괜히 불경스럽게 여겨져 밉기까지 한 나는 자형에게 말도 별로 안 하고 지냈다. 어느 일요일에 대청마루에 걸터앉아 마당 가 화단의 꽃을 무심히 바라보고 있었다.

"학교가… 여기서 멀지?"

자형이 나가와 옆에 앉으며 소심스레 한마디 건넸다. 다정스러운 얘기라도 나누며 처남 매부 간의 어색한 관계를 개선하려는 것 같았다.

"예."

나는 통명스럽게 한마디 하고는 입을 다물었다.

'거리가 3km나 돼서 무거운 책가방 들고 걸어가는 데 한 시간 걸려 힘들어 죽겠으니, 자형이 아버지한테 자전거 좀 사주라고 말해주세요'라는 말은 목구멍에 걸려 나오지 않았다.

그래도 누나 부부가 없을 때 몰래 빈방에 들어가 전축을 틀고, 레코드판을 뒤적거리며 외국 가수들의 노래 몇 곡을 골라 들으며 영어 가사를 읊조리곤 했다.

그때 배운 미국 포크송 그룹 '브라더스 포'의 노래인 '그린필즈 greenfields'가 대학교 때 데이트하던 지금의 아내 마음을 결정적으로 사로잡는 계기가 될 줄은 미처 몰랐다.

철저한 교인이면서 초등학교와 고등학교 교사로 성실하게 근무한 누나 부부는 두 아들을 낳아 잘 키웠다.

큰놈은 경남 고성 읍내의 시골 고등학교를 나와서 서울대 상대에 합격하여 고성읍과 집안의 자랑거리가 되기도 했다. 대학 졸업 후에 대기업 경제연구소에 근무했고, 티브이에 몇 번 나와서 외삼촌인 나까지 흐뭇함을 느꼈다.

그런데 교회에서 얼마나 기도를 많이 했던지 누나는 결국 무릎 관절염으로 오랫동안 고생했고, 지금도 발목이 성치 않아 절뚝거리며 걷는다.

거기에다 몇 달 전에 자형이 기도하다 갑자기 쓰러져 혼수상태로 식물인간처럼 되었다. 간병인을 두기는 하지만 누나도 거의 매일 병원에 들르는데, 어떻게 달리 손을 써볼 도리가 없으니 보기에 그저 답답할 뿐이다.

누나의 그 곱던 얼굴이 칠순 중반의 노인이 되어 비쩍 마른 손으로 내 손을 잡을 때면, 지난날 추억이 스치면서 가슴이 메어 속으로 눈물을 삼키게 된다.

 누님의 장남이 병원비를 마련해보지만, 하루에 10만 원이나 드는 간병비를 감당할 재간이 없어 누님은 결국 고성 집을 급매물로 내놓았고, 거의 반값에 팔고 말았다. 그리고 장남 집이 있는 성남으로 올라와, 함께 살 수는 없고, 근처의 요양원에 들어가서 혼자 기거하고 있다.
 깨어날 기미가 전혀 보이지 않는 자형도 요양원 근처의 작은 병원으로 옮겼고, 빠른 회복만을 기도하며 기약 없는 나날을 보내고 있다.

 자형에 대한 추억은 별로 없는데, 언젠가 내가 대기업 연구소 부장으로 잘 나가고 있을 때 단둘이 잠깐 얘기할 기회가 있었다.
 "지금 자네가 몇 살이지?"
 "예, 서른아홉 됐습니다."
 "벌써 그리됐나? 내년에 불혹이네."
 그러고는 별말 없이 몇 가지 집안 인부민 묻고 넘어갔다.

 그러나 그날 이후 나는 내 나이와 인생에 대해 새삼스레 많이 고민하게 되었고, 결국 마흔 살인 다음 해에 직장을 나와 개인사업을 벌이게 되었다. 어쩌면 별로 말수가 없던 자형의 한마디가 내 인생의 진로에 크나큰 영향을 미친 것이다.

 누나가 시집갈 무렵 내가 원하는 기타를 안 사준다고 크게 푸념했었다. 근데, 하필 이런 때 그 기억이 되살아나 마냥 창피한 마음에 열없이 얼굴이 붉어진다.

"구름이 구름이 하늘에다 그림을, 그림을 그립니다. 노루도 그려 놓고…."

뭉게구름 떠가는 하늘 저 위에 진정 하느님이 계신다면,

제발 자형이 거짓말처럼 눈을 뜨고 벌떡 일어나 누나의 주름이 활짝 펴지게 해주시길 두 손 모아 기도드립니다.

『문학의 봄』 2020년 가을호

면장과 교장 - 사부곡(思父曲)

내가 어릴 적 국민(초등)학교에 다닐 때, 국민학교 교장이던 아버지는
방학이 되면 나를 데리고 고향에 다녀오셨다.

내 본적지인 고향은 경남 하동군 화개장터 근처의 가파른 산자락에
20여 가호가 숨어있다 싶은 산골 마을이다. 큰길에서 올려다보면 집들
이 잘 보이지 않아서 임진왜란 때도 무사했다는 얘기가 전해질 정도로
아주 외진 곳이다.

4학년 여름방학 때던가, 완행 시외버스를 타고 비포장도로를 두 시간
넘게 달려 화개장터에 내려서 다시 하동 쪽으로 5리쯤 되는 자갈길을
터벅터벅 걸어갔다.

그때 저만치서 삼베옷을 입고 지게에 똥장군을 지고 오던 어떤 촌부
가 아버지를 보더니, 얼른 길가에 시세를 내리고 지겟작대기로 받쳐 세
우는 게 아닌가. 그리고 가까이 가자 공손히 허리를 숙이고는 굽신 절
을 했다.

"아이구, 면장님 오셨습니까?"

나는, '면장님이라니? 아버지는 교장인데. 정말 무식한 시골 사람이
고만' 하고 속으로 비웃었다. 아버지는 반가워하며 하대하는 말로 그 사
람 가족들에 대한 안부를 묻고 몇 마디 인사를 나누었다.

그리고 헤어져 다시 걷다가 내가 그 사람이 면장과 교장도 구분 못하는 무식한 사람 같다고 했더니, 아버지가 말씀하셨다.

"내가 예전에 여기서 면장을 해서 그런다."

지금껏 그런 얘기를 들어보지 못한 나는 깜짝 놀라서 어리둥절했다.

그 후에 기회가 있을 때 몇 번에 걸쳐 아버지 어린 시절부터 교장이 될 때까지의 옛이야기를 들을 수 있었다.

일제 강점기 시대인 1908년에 가난한 집안의 3남 2녀 중 둘째로 태어난 아버지는 20리 길의 화개국민학교에 4학년까지 다녔고, 5·6학년은 하동 읍내의 하동국민학교에 다녀서 졸업했다.

가난했어도 전주 이가李家 효령대군 후손의 자부심으로 공부를 시켰지 싶다.

그리고 말단 공무원 시험에 합격해서 하동 읍내 경작조합에서 서기로 근무했다. 자전거를 타고 인근 산청군까지 지리산자락을 누비며 다녔고, 나중에 화개면으로 옮겨 근무하면서 직위가 올라갔다.

해방되기 전인 1941년에 아버지는 화개면장이 되었고, 그때 나이가 33세였다.

그런데 그해에 고등고시에 합격하여 하동 군수로 부임한 분이 있었는데, 이름은 이항녕이고 나이는 26세였다.

아버지가 인사차 갔더니 그분이 말씀하셨단다.

"군수는 젊어도 되는데, 면장은 좀….”

이항녕 씨는 나중에 해방이 되자, 일제하에 고위 공무원을 지내며 친일親日한 것을 자책하여 스스로 사퇴하고 교직의 길을 걷게 된다. 청룡국민학교와 양산중학교 교장을 시작으로 나중에 문교부 차관과 홍익대 총장을 지냈고, 학자로도 유명한 분이다.

아버지도 그분의 뜻을 따라 해방 후에 하동 흥룡국민학교 교사를 시작으로 교직에 몸담았고, 내가 태어난 1952년에는 김으로 유명한 갈사리의 갈육국민학교 교장으로 계셨다.

내가 철이 들어 기억하는 여섯 살 때는 진정국교, 입학하던 일곱 살 때는 소설 토지의 배경인 최 참판 댁이 있는 악양국교 교장이었다. 내가 3학년이 되던 해에 셋째 누나가 사범학교에 다니던 진주 시내로 이사를 했고, 아버지는 진양군으로 전근해서 나중에 진양호에 수몰된 귀곡국교 교장에 부임했다.

부임 인사와 관련한 웃지 못할 일화가 있다.

겨울이라 아버지는 정장 위에 코트까지 입고 진양군 교육청에 들렀다. 체격이 꼿꼿하고 풍채가 좋은 사람이 들어와 주저함도 없이 교육장을 찾으니, 교육장은 혹시 도 교육청이나 문교부에서 나온 높은 분으로 착각했던 모양이다.

되레 저자세로 아버지를 맞이했던 교육장은 나중에 친구가 되어 여러 번 관용 지프를 타고 너우니(지금 진양호)에 놀러 가자며 우리 집에 오곤 했다.

그래서 나도 서너 번 인사한 적이 있는데, 그분의 아들이 내 고교 한 해 후배였고 나중에 높이뛰기 국가대표를 지냈다.

아버지는 내가 초등학교를 졸업하고 진주 중·고등학교를 마치는 동안 귀곡 국교에 계시다가 부산대학교에 입학할 무렵 진양군 내의 집현 국교로 전근하셨다.

1970년 대학에 입학할 때 적어내는 설문지 같은 게 있었는데, 가장 존경하는 사람이 누구냐고 묻는 난이 있었다. 그 당시 친구들 대부분은 '존 F. 케네디'라고 전 미국 대통령을 적었을 텐데, 나는 주저 없이 '아 버지'라고 적었다.

알뜰하게 살면서, 큰집 장조카에게는 제수답祭需畓 세 마지기를 사주고, 나머지 두 명의 조카들이 결혼할 때도 논마지기씩을 사주신 걸 알고 있었다. 집안의 어른으로 온 일가친척에게 정신적으로도 든든한 배경이 되셨던 것이다.

담배도 피우지 않고 성실하며 건강하게 살아오신 아버지가 내 눈엔 그 누구보다 가장 존경스러운 분으로 보였다.

사범학교 출신도 아니고 최종 학력이 고작 국졸이면서 국민학교 교장 선생님이 되어 반평생을 후학 양성에 정진하셨다. 교육장 앞에서도 굽 신거리지 않고 당당하게 처신하여, 오히려 교육장이 친구가 되었다.

그리고 지금 집안의 시사를 지내는 백여 평 제당祭堂 터도 생전에 마련해서 온 집안사람들이 매년 십시일반 기부금을 내어 건축비를 마련했는데, 아버지가 돌아가신 몇 년 후에야 짓게 되어 아쉬움이 남는다.

새천년인 2000년에 92수로 이승을 하직한 아버님 모습을 문득 거울 속에 비친 내 허연 대머리에서 발견하며 놀라곤 한다.

입학 전 여섯 살 때 악양국교 관사에 살 무렵, 점심시간에 어머니가 "아부지 점심 잡수러 오시라 해라" 하면, 나는 마지못해 교장실에 가서는 "아부지, 점심…" 하며, '잡수러 오시래요'는 괜히 존댓말 쓰는 게 부끄러워 말 못 하고 생략하곤 했다. 그래도 "오냐, 가자" 하고는 웃으며 일어서 내 손을 잡던 아버지 모습이 엊그제처럼 선하게 떠오른다.

생전에 좀 더 잘해드리지 못한 아쉬움에 가슴이 저린다.

효도는커녕, 사업한답시고 잘 다니던 회사를 뛰쳐나와 밤늦게 귀가하고 돈에 쪼들려 허덕이는 낫난 자식의 모습을 보고 얼마나 가슴 아파하셨을지.

이제야 철이 들어 안타까운 마음에, 돌이킬 수 없는 회한으로 멍이 든다.

『문예감성』 2020년 가을호

매미 공원

"할아버지 왜 차 안 타고 걸어가요?"

무덥던 여름도 다 지났지만 건조하긴 해도 아직은 따사로운 초가을 햇살을 받으며 손녀가 찡그린 얼굴로 나를 올려다본다.

내년에 입학하는 손녀가 근 석 달 만에 놀러 와서 점심을 마친 한가한 시간에 다가오는 생일 선물이나 사줄까 하고 단둘이 나섰다.

"으응, 기름이 떨어져서. 가까운 곳이니까 소화도 할 겸 살살 걸어서 가자."

"네, 할아버지. 빨리 가요!"

사실 차는 둘째 놈 결혼이 내년 봄으로 잡혀서 궁리하던 중에 지금은 별반 몰고 다닐 일도 없고 하여 처분한 지가 꽤 오래되었다.

생물인 인간은 물을 먹고 살고, 무생물인 자동차는 기름을 먹고 움직이고.

아무리 잘난 사람도 물 없으면 죽고, 고급 승용차도 기름 떨어지면 멈추고.

생물도 미생물도 아닌 기업체는, 돈 없으면 문 닫고.

돈을 먹고 살아가는 기업체?

아닌데, 돈을 만들어 내는 기업체라야 맞지!

부실한 기업은 돈을 축내며 지탱하고 건실한 기업은 돈을 만들어서 사람까지 먹여 살리고. 돈맛을 본 인간은 밋밋한 물맛을 버리고. 밋밋한 물은 아무것도 섞이지 않은 순수한 물!

순수함을 버려야만 돈의 단맛을 알 수 있는 건가?

원자량 1인 수소 두 개와 16인 산소 한 개로 구성된 H_2O, 물!

생명의 근원이고 우리가 사는 지구가 푸른 별로 불리는 이유인 물도 92개의 자연 원소 중에 달랑 두 개의 원소로 이루어져 있다.

분자식 C_2H_5OH인 술을 마시면 수소가 여섯 개나 있어 수소 풍선처럼 간덩이가 부어올라 안하무인이 되고, 산소가 하나밖에 없어서 숨을 헐떡거리다가 일산화탄소 CO에 중독되어 골때리게 된다든가?

3대 영양소인 탄수화물이 $C_6H_{12}O_6$이니까 밥 대신 분자식이 비슷한 술만 먹어도 활동에 필요한 칼로리는 섭취되지 않겠나? 살 빼려고 애써 운동할 필요도 없어 좋겠네. 도랑 치고 가재 잡고.

"할아버지, 뭐 살 거예요?"

"으응, 가서 보고. 뭐 살만한 게 있으려나?"

대기업 부장으로 근무했고 얼떨결에 제조업을 차려 십수 년간 여러 명 먹여 살리느라고 온갖 고생 하다가 그마저 본의 아니게 문을 닫고, 환갑이 훌쩍 지난 나이에 빠듯한 연금 생활하는 내 주머니 속사정을 모르는 손녀는 신바람이 나서 내 손을 잡아끌며 보챈다.

두 해 전만 해도 내외가 오붓이 사는 집에 모처럼 올 때면, 놀다간 며칠도 되지 않아서 재롱떨던 손녀가 보고 싶다던 아내 생각에, 그러면 자주 올까 봐 포도랑 매화 그림이 있는 '예쁜 돈'을 주곤 했는데 이제는 그마저 선뜻 결행할 엄두를 못 내고 망설이는 처지이다.

도로변 공원 숲길을 타박타박 걸어가는데 철 늦은 매미가 힘겨운 울음을 운다.

"매앰, 매애앰. 매~앰."

"야, 매미다! 할아버지 매미는 왜 울어요?"

"으응? 음. 그게, 친구야 놀~자 하고 노래 부르는 거야."

매미 울음은 수컷이 암컷을 부르는 세레나데이다.

참매미가 나무껍질 속에 낳은 400여 개의 알은 1년 뒤 여름에 부화해서 애벌레가 되고, 스스로 푹신한 곳으로 떨어져 땅속에 숨어든다.

풀과 나무뿌리의 즙을 빨아 먹고 댓 번의 탈피를 하며 5년쯤 살다가, 완전한 유충인 굼벵이가 되어, 천적을 피해 밤에 나무를 타고 지상으로 올라온다. 굼벵이는 수 시간 만에 허물을 벗고 날개를 햇볕에 말려 성충이 되고, 며칠 후부터 수컷은 짝을 찾아 복부의 진동판을 떨며 울어 젖힌다.

5분 정도 울다가 자리를 옮겨가며 7일 내지 길어야 한 달 동안 우는 수컷과, 벙어리인 암컷은 공기로 전달되는 수컷 울음소리의 진동을 따라가, 겨우 30% 정도가 짝짓기에 성공한다. 이렇게 번식이라는 목적을 달성한 매미는, 길고도 짧은 생을 마감하고, 몇 개의 구성 원소로 환원되어 자연 속으로 돌아갈 것이다.

"아하, 우는 게 아니고 친구 불러요? 나는 친구 있는데."
"그래? 우리 규리는 친구가 많은가 보네! 허허."

어릴 적 소나기가 지나간 여름 밤하늘에 금방이라도 쏟아질 듯이 장관을 이루어 친구들과 함께 부르던 '푸른 하늘 은하수'도 우리의 태양 같은 항성인 별들이 수천억 개 정도 모인 건데, '빅뱅' 이후 138억 년을 빛의 속도로 팽창한 우주 전체에는 우리 은하계 같은 다른 은하계가 수천억 개 더 있어서 이 우주의 별의 숫자는 지구에 있는 모래알 숫자와 같단다.

'모래알같이 많은 사람들, 하필이~면 왜 당신이었나? 싫어서~도 아니고….'

좋은 시절에 고운 사람 만나 그럭저럭 살다가 후손 남겼으면 된 거지, 100평의 땅을 더 가지면 무엇하고 10년을 더 살면 무엇하랴?
어느 날 때가 되면 친구들과 주고받던 술잔만 물려주고 부모님으로부터 받은 육신은 홀연히 본래의 원소로 돌아가면 그만인 것을!

매미가 우는 높지 않은 나무를 올려다보니 이파리 여러 군데에 우화하고 남긴 연한 갈색의 굼벵이 허물이 잔뜩 붙어있고, 우는 매미도 손

닿을 가지에 앞발의 발톱으로 매달려있다.

나는 문득 좋은 꾀가 떠올라서 철부지 손녀를 유인한다.

"규리야 할아버지가 매미 공원 만들어주까?"

"매미 공원요? 어떻게 만들어요?"

"으응. 저 우는 매미 잡아서 큰 반찬 통에 넣고, 저~기 봐라. 나뭇잎에 매미 껍질 많이 있제? 저것들도 꺾어서 넣자!"

"우와~ 재밌겠다. 어서 잡아요, 할아버지!"

"근데, 매미 공원 만들려면 집으로 얼른 가야 되는데? 엄마 아빠랑 갈 시간 전에 만들어야 하니까."

"그래요, 할아버지. 얼른 잡아서 가요."

"네 생일 선물, 안 사도 되것냐?"

"으응, 나는 매미 공원 선물이 더 좋아요."

살며시 손을 뻗어 콱, 매미를 움켜쥐는데, 울다가 지쳤는지 쉽게 잡힌 매미는 발버둥을 치며 사력을 다해 우짖는다.

"매앰, 매앰, 매애앰~"

어쩌면, 기저귀 찬 손녀가 애벌레처럼 앞으로 기어 온다는 게 자꾸만 뒤로 기어가던, 그 무렵에 태어났을지도 모를 매미다.

지구는 초속 447m로 쉼 없이 돈다.

2014년 9월, 첫 수필

불혹(不惑)

설날, 거실에서 차례를 지내고 가족들과 담소를 나눈 장남이 제사상을 제자리에 두려고 내 방에 들어왔다.

"네가 이제 마흔 살이 되는구나."

"예, 벌써 그리되었네요."

장남은 오랜만에 건네는 아비의 질문이 어색한지 쑥스럽게 대답했다.

"마흔이면 불혹이라는데, 미혹에서는 벗어난 게냐?"

마흔에 내 사업을 하겠다며 잘 다니던 직장을 그만뒀던 내 과거를 떠올리며 약간 민망해서 싱긋 미소를 지었다. 그때 장남은 중학교 1학년이었다.

"예. 뭐, 할 일이 바빠서 다른 일에는 별로 신경 쓸 여유가 없네요."

자기 직책에 만족하며 열심히 근무하느라 딴생각은 해본 적도 없는지 장남이 뜨익한 표정을 지었다.

대기업 연구소에서 부장으로 근무하며 이사 발령을 목전에 두고 있던 나는 마흔 살 되던 해에 회사를 박차고 나와 아주 작은 내 회사를 차렸다. 인생은 40부터인데, 환갑까지 남은 20년 한 세대는 내 뜻에 맞는 삶을 살아야 하겠다는 결심 때문이었다.

돌이켜보니 태어나서 스무 살까지는 부모님 뜻에 순종한 인생이었고, 이삼십 대의 사회생활도 내 의지보다는 주변의 권유에 따른 진로와 직장 선택에 의한 인생이었다.

그 당시 나는 셀룰러폰이라고 불리던 무선전화기 개발 책임자였는데, 미국 회사에 거금을 주고 기술제휴를 맺어 연구원들과 함께 몇 개월씩 출장도 나가면서 거의 3년 만에 완료하여 시중에 차량 탑재형과 휴대형, 두 모델을 출시했다.

출력이 높아 통화 거리가 먼 차량형의 본체는 너무 커서 트렁크에 장착하고 핸드셋만 운전석 거치대에 얹어 사용하였고, 휴대형도 크기가 거의 벽돌만 해서 가죽 케이스에 넣어 혁대에 차고 다닐 정도였다.

그러자 미국의 교포 바이어가 찾아와 보트에 들고 다닐 수 있는 트랜스포터블 폰을 럭비공 형태로 만들어 달라고 요구했다. 그때 이미 15년 이내에 포켓에 넣고 다니는, 소비자 가격 수십만 원대의, 폴더 폰이 유행할 것으로 전망하던 나는 휴대폰 소형화에 주력할 계획이어서 무척 난감해졌다.

그보다 10년쯤 전에 수출용 코드리스폰 전화기 개발을 제안했다가 보류됐는데, 1년 후에 느닷없이 '국내 최초 출시'라는 그룹 회장님 지시에 맞추느라 내 부서 직원 두 명이 몇 개월간 코피 흘려가며 밤낮없이 고생한 적이 있었다.

그리고 5년 후에 이 셀룰러폰 개발도 제안했지만, 당시 사업부제로 운영되던 회사 조직상 수출사업부의 동의를 얻지 못하여 보류되고 말았다.

그래서 나는 전철을 밟을까 봐 차량형 셀룰러폰을 OEM 생산하고 있는 다른 그룹의 계열사로 이직했었는데, 2년 만에 다시 불려와 새 팀을 꾸려 늦게 착수하느라 기회손실 비용을 엄청나게 들이고 말았다.

이번에도 바이어를 앞세운 수출부서의 사업계획에 장단을 맞추다가는 또 세월만 낭비하고 내게 주어진 마지막 기회를 놓치고 말겠다 싶어, '소형 셀룰러폰 사업계획서'를 작성하여 그룹 외부에서 투자자 물색에 나섰다.

다행히 거금의 투자 의향을 가진 분을 만났고, 나는 원대한 꿈에 부풀어 오랜 기간 몸담았던 친정집을 떠나 미래의 블루오션을 향해 당당히 출항할 수 있었다.

그러나 창업이라는 것이 생각처럼 그렇게 만만한 게 아니었다.

사업을 시작한 지 몇 달 만에 그 투자자는 사정이 생겨 더는 약속된 자금을 송금할 수 없게 되었고, 갑자기 기름이 떨어진 내 배는 항해의 목표를 잃고 거친 바다를 표류할 수밖에 없었다.

어쩌면 공과대학을 나온 엔지니어가 기술적인 자만심에 가득 차서, 자금의 확보가 영업 매출에 앞서 실제로 가장 중요한 요소라는 사실도 제대로 파악 못 한 채, 덜컥 사업에 착수하였으니 어쩌면 당연한 결과였는지도 모른다.

아쉬운 대로 전에 다니던 회사에 손을 내밀어 외주생산 같은 도움을 요청해 봤지만, 개인의 위상은 조직 내에 있을 때만 자기 능력 이상으로 높게 평가된다는 사실을 뒤늦게나마 뼈저리게 깨달았을 뿐이었다.

하는 수 없이 여기저기 다니며 소소한 개발 프로젝트를 외주 받아 근근이 유지하다가 집을 담보로 대출까지 받아가며 겨우 지탱하면서 십수 년 동안 굴곡진 삶을 살아야 했다. 그런 와중에도 신제품 개발에 몰두한 결과, 다행히 유효기간 15년짜리 특허를 받은 무전기 중계기를 제조 판매하며 환갑 지나서까지 수십 명을 먹여 살릴 수는 있었다.

그러는 바람에 고3인 장남이 아내에 의해 문과文科 지망생이 된 줄을 대학 입학 원서 쓸 때나 알았던 나는, 자식들이 필요로 할 때 곁에 없었던 못난 아비가 되어, 애들이 어른이 된 지금도 자격지심에 늘 미안한 마음을 갖는다.

"그래? 별다른 생각이 없다니 다행이구나. 낼모레 차장으로 승진은 되는 거지?"

장남이 마흔 살이라 혹시나 했는데, 딴생각이 없는 것 같아 안심된 나는 당연한 듯 확인 차 물어봤다. 아들은 브랜드 인지도가 꽤 높은 중견 기업체에 다니고 있다.

"예, 아마 될 겁니다. 승진된다 해도 별로 기쁘지만은 않아요."

"차장이 되는데 기쁘지 않다니? 회장 비서실 일이 힘든가 보구나?"

의외의 대답에 걱정되어 다시 물었다. 오너 경영 체제의 회사에서 비서실 과장으로 근무한다는 게 쉽지 않을 줄 짐작은 하고 있다.

"요즘은 한비자 이야기가 자꾸 와 닿아요. 하하."

한비자를 읽는다고? 한비자(韓非子)는 중국 전국시대 말기 한(韓)나라 왕의 서자인 한비(韓非)가 법가(法家)사상을 집대성해서 저술한 책이다.

전국 칠웅으로 불리던 한나라는 진(秦), 초, 연, 위, 제, 조 등 주변국보다 국력이 크게 뒤떨어졌다.

한비는 공자였지만 선천적인 말더듬이인 탓에 사람들과 잘 어울리지 못했는데, 한나라가 위태로워지자 부친인 왕 안(安)에게 '난세에는 공자(孔子)의 인(仁)에 의한 덕치(德治)를 베풀어서는 안 되고, 통치의 근간을 법과 처벌에 두어야 한다'며 법치(法治)를 주장하는 부국강병책을 지어 올렸지만 무시되었다.

그런데 오히려 강력한 군주 국가를 지향했던 진(秦)나라의 왕(王), 정(후에 시황제)이 '법(法)을 앞세운 신상필벌의 권세로 임금이 신하와 백성들 위에 군림하는 체제를 만들어야 한다'는 한비의 이론에 깊은 감명을 받았고, 그를 불러 전국시대를 통일하여 황제가 다스리는 제국을 세운 후에 법치를 정치원리로 삼았다.

그러나 한비는 그의 출세를 시기한 친구인 진나라 승상 '이사'의 모함으로 투옥되어 결국 독약을 마시고 죽게 된다. 그리고 목적 달성을 위해 수단과 방법을 가리지 않은 온갖 모략과 술책이 수용된 '한비자'를 따른 진시황제의 진나라는 불과 15년 만에 멸망하였다.

이후 공자의 '인에 의한 덕치 정치'는 항우의 초(楚)나라를 누르고 중국의 통일 왕조인 한漢을 세운 유방에 의해 다시 숭앙 되어 현대에 이르렀다.

　한정된 시장을 두고 유사한 제품의 점유율 우위를 확보하기 위해 경쟁회사 간에 피 튀기는 전략과 전술이 펼쳐지는 현대 기업체들의 형세도 2천 수백 년 전의 전국시대와 별로 달라 보이지 않는다.
　마흔 살이 된 내 아들이 전국시대 제자백가 중의 한 사람인 권모술수 사상가 한비의 책 한비자를 읽는다니? 줄서기를 잘해야 하는 치열한 경쟁 사회에서 여러 가지 일로 고민이 많은가 보다.

　"유능한 사람은 적이 많은 법이다. 윗선의 질문에 대답할 자료만 잘 준비하고 두루뭉술하게 티 나지 않도록 처신하는 게 최선일 거야. 허허."
　나는 예전의 대기업 시절을 회상하며 충언이랍시고 한마디 하고는 실없이 웃었다.
　아비는 미혹迷惑하여 인생의 황금기를 어렵게 보냈지만, 아들은 제발 불혹不惑하여 현재 다니는 회사에서 정년으로 퇴임하기를 간곡히 바라는 마음에서다.

『문예감성』 2019년 봄호

2부

코피

사람이 맡은 일에 너무 몰두하다 보면 본의 아니게 이상한 짓거리를 하기도 한다.

내가 L그룹 내 J사 연구소에서 무전기 개발부서 과장으로 있을 때 일어났던 일이다.

미국 유명 통신 제품 메이커인 M사로부터 가정용 무선전화기 코드리스폰의 초기 샘플 보드를 입수하여 개발제안서를 올렸지만, '수출사업부'의 거부로 보류되었다. 당시는 관납, 군납, 수출 등 3개 사업부로 나뉘어 사업부장 책임제로 운영되고 있어서, 사업부의 승인을 받아야 연구소 개발 프로젝트로 채택되었다.

그런데 그 샘플을 대신 가져간 중소기업체 N사에서 불과 1년 만에 한 달 수출 수십만 대의 대박을 터뜨렸고, 뉴스에 크게 보도되었다.

그러자 그룹 기조실에서 난리가 났고, 그룹 사장단 회의에서 무선전화기니까 T사 대신 J사에서 맡으라는 회장 지시가 내려졌다.

당시 내수를 독점하던 유선전화기는 T사에서 제조했는데, 사장이 회장의 숙부였다.

그때 L그룹은 S그룹과 티브이, 냉장고, 선풍기 등 가전제품 시장에서 서로 우위를 점하기 위해 치열한 개발 경쟁을 벌이고 있었다.

"내가 한마디만 하겠어. 돈이 얼마가 들든 사람이 얼마가 들든, 6개월 만에 출시 끝내!"

본사의 긴급 생산 회의에 불려갔을 때, 사장단 회의에 다녀온, 패밀리가 아닌 우리 사장님이 하신 말씀이다.

개발 기간만 4개월은 잡아야 하지만 다행히 사전에 검토를 충분히 했던 터라, 베이스와 핸드셋에 각각 한 명씩 배정하고, 개발 목표 3개월로 출발했다. 케이스 제작용 금형 설계 등 기구 부품 개발 담당자는 기구 전담 과에서 따로 배치한다.

개발 담당자 두 명은 석 달 동안 매일 잔업하고 휴일에도 나와서 종일 특근했다. 목표 납기를 목전에 둔 몇 주일은 야간에 두 시간만 잠자고 일하는 철야도 하게 되었다.

막바지에 이른 어느 날, 핸드셋 특성에 문제가 있어, 담당자 K 기사에게 철야를 시키고 다음 날 아침에 출근해서 불렀다. K 기사는 학군단 출신 예비역 중위로 입사 2년쯤이었다.

그런데 데이터를 보니 밤새 별로 진척된 것 없이 제자리걸음이다. 낼모레까지 부품표를 확정 지어 공장에 이관해야 하는데 난감했다.

표정만 봐도 피로에 잔뜩 찌든 K에게 지시했다.

"좀 있다가 나도 가볼 테니까 얼른 가서 더 시험해 보도록 하소."

K는 목을 떨구고 시험실을 향해 걸어가는데, 선임 대리가 얼른 다가

오더니 말한다.

"저, 과장님. 좀 전에 K 기사 코피 흘렸습니다."

"뭐? 코피? 어이, K 기사!"

나는 막 출입문을 열려는 K를 향해 팔을 뻗었다. 그 소리에 K가 뒤돌아서 나를 바라보자, 손가락으로 K를 가리키며 내 입에서는, '코피 흘렸어? 이리와 잠시 쉬어. 이따 함께 가보세'라는 말 대신, 엉뚱한 소리가 튀어나왔다.

"코피 흘리면 다야? 일을 끝내고 흘리든 말든 해야지!"

십여 명 다른 과원들이 모두 의아하고 실망에 찬 눈으로 나를 돌아보았고, 나도 이게 무슨 황당한 일인가 싶어 얼굴이 붉어졌다.

그 코드리스폰은 우여곡절 끝에, 체신부의 '형식승인'을 획득하느라

한 달쯤 지체되긴 했지만, 착수 7개월 만에 '국내 최초' 타이틀을 달고 시중에 출고되었다.

그러고 한 10년쯤 후에 내가 먼저 그룹을 떠나 개인 사업체를 차리며 K와 헤어졌다.

그리고 20여 년이 지난 어느 날, 서울 어느 지하철 역사에서 우연히 K와 마주쳤다. 반갑게 인사한 그는 '한국전화번호부주식회사'에 다녔는데 시대의 흐름에 따라 쇠락하여 퇴사했고, 새 직장을 찾는다고 했다.

나는 그와 입사 동기로 연구소 다른 과에서 근무했고, 마침 당시 꽤 전망 좋은 기업체 사장으로 있는, 회사 후배의 전화번호를 알려주며 그 회사 업종과 사정을 자세히 설명해줬다. 그걸로 K의 '코피 사건'에 대한 미안함이 다소나마 희석되었다고 스스로 위로했다.

'라떼는 말이야', 상하 관계가 매우 엄격했고, 맡은 일에는 불타는 사명감으로 임했으며, 개인 사정보다는 업무를 우선시하는 직장인의 풍토가 있었다.

밤샘하고 코피를 흘려도 업무수행을 위한 당연한 일로 여겼고, 퇴근길에 동료들과 선술집에 들러 값싼 술잔을 나누며 서로를 격려했다.

요즘은 조직보다 개인의 능력이 우선시되는 시대라서 연공서열을 타파하는 추세다. 프로젝트의 기능에 맞춰 팀을 구성하고 구성원을 수평적인 조직으로 운영하다 보니, 대리나 과장 같은 직함 뒤에 '님' 자를 붙여서 부르지 못하게 하는 회사도 있단다.

그게 기술 좋은 로봇들이 모여 일만 하는 무미건조한 집합체지, 어디 감성을 지닌 사람이 함께 동고동락하는 직장인가 싶다.

내가 다녔던 J사는 한때 서울 본사 및 오산 공장과 연구소를 포함한 전체 남녀 사원이 1,500여 명에 이르는 제법 큰 방위산업체였다.

그런데 그룹 사정으로 인해, 체신부에 납품하던 관납 제품과 조달청에 납품하는 군용 통신장비가 점차 인원과 함께 다른 계열사로 이관되었다. 나머지 민수용 제품인 PCB(인쇄회로기판)만 유지하다가 결국은 그마저 다른 회사로 매각되어서 지금은 회사 이름도 사라지고 없다.

그러나 '금성○○ 사우회'라는 카페에는 회원이 150여 명이나 되고 매년 총회를 열며, 총무가 수시로 회원들의 길흉사를 문자로 보내온다.

돌이켜보면 모든 여건이 열악했지만 그래도 사람 사는 냄새가 풍기던 그때가 훨씬 지내기 좋았던 직장생활이었던 듯싶다.

사람은 다 제멋에 살겠지만, 좋은 조건에서 자유롭게 일하며 칼퇴근하는 요즘 직장인들이 되레 불쌍해 보이는 건 내가 너무 늙어서일까?

『남강문학』 2021년 봄(제13호)

애연 40년

 담배 연기를 한입 가득 빨아들인다. 흡입상태를 유지하며 붕어 입처럼 벌리고, 혀끝으로 조금씩 튕겨낸다. 동그란 구름 도넛 네댓 개가 점점 부피를 늘리며 줄지어 날아가는 모습이 참 보기 좋다. 40년 넘게 담배를 피워 온 애연가의 멋들어진 잔재주다.

 폐부 깊숙이 빨아들이는 강한 들숨으로 만든 불꽃이 수 밀리미터 길이의 담배를 빠르게 재로 변신시키는 모습을 즐긴 다음, 들이마신 연기를 통째로 꿀꺽 삼킨다. 그러고도 내뿜는 날숨의 콧구멍에선 연기의 흔적조차 찾아보기 힘들다. 이쯤 되면 하루에 두 갑, 40개비 이상을 피우

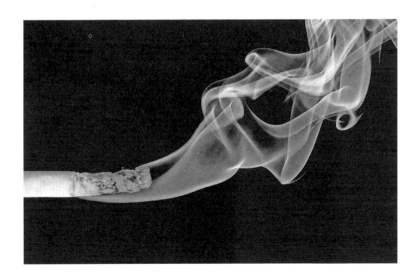

는 골초의 경지에 이르렀다고 말할 수 있을 것이다.

군에 입대하니 신병훈련소에서 휴식 시간 간식으로 별사탕과 담배를 고르라며 나눠줬다. 담배를 피우지 않았던 나는 처음엔 사탕을 먹었지만, 고된 훈련 기간이 끝날 즈음엔 담배로 바뀌었다. 제대하면서 훈장처럼 달고 나온 흡연은 자연스럽게 나의 직장생활에 동행이 되었고, 40여 년의 굴곡진 사회생활을 하는 내내 동반자로 따라다녔다.

젊었던 시절에는 통신기기 연구소에서 근무한 관계로 항상 개발 일정에 쫓기는 처지였다. 장비의 문제점을 해결하느라 시험실 앞은 자리에서 두세 시간을 훌쩍 보내고는, 개선되지 못한 시험 결과에 탄식하며 한 모금 깊이 빨아대던 담배.
며칠씩 밤새우고 겨우 일정에 맞춘 날, 담배 연기 자욱한 술자리에서, 세상 모든 걸 다 가진 듯 으스대며 동료들과 다가올 미래를 논하곤 했었다. 그때만 해도 술 잘 먹고 담배 잘 피우면, 체력 좋고 능력 있는 사내로 여겨지던 시절이었다.

그러던 것이 지금은 애연가의 사정이 너무도 판이해졌다. 가끔 대학 동창들 모임에서 담배라도 꺼내 입에 물면, "아직도 담배 피우나? 지독한 사람일세!"라는 핀잔을 받게 마련이다. 그것도 내가 담배 안 피우던 학창 시절에 "식후 불연이면 삼초 후 즉사라~" 하면서 연기도 못 삼키는 뻐끔 담배 피우며 자랑하던 친구로부터.

당연히 건강 때문에 그렇겠지만 너무 약삭빠르게 금연으로 돌아선 친구들이 얄밉기까지 하다.

나는 외국산 담배의 숱한 유혹을 받으면서도 전매청과 담배인삼공사를 거쳐 꿋꿋이 국산 담배를 피우며 애국 충정을 지켰다. 그런데 2015년 초에 '담뱃세 일률적 2천 원 인상'이라는 엄청난 배신을 당하고 말았다. 피우던 담뱃값이 일시에 두 배 가까이 뛴 것이다.

국회에서 찬성 65%로 통과시킨 일이라 할 말은 없으나, 그 당시 남자 흡연율이 43%인 점을 고려하면 아무리 다수결 원칙의 민주주의라지만 너무 지나친 처사가 아닌가 싶다.

그것도 모자라 식당을 비롯해 커피숍, 호프집, 피시방에서도 담배를 피우지 못하게 하더니, 다음 해에는 '공동주택의 금연구역 지정 신청제'를 실시함으로써 입주자들 의결에 따라 금연 아파트 지정도 가능하게 만들었다. 지금은 전국적으로 지하철 입구건 버스 정류소든 일정한 거리 내에서는 담배를 피울 수 없다. 내가 사는 아파트단지에서 금연구역 신청을 추진할 기미는 보이지 않아 그나마 다행이다.

그러나 사회생활을 접고 집안에 칩거하게 된 나에게 큰 고민거리가 하나 생겼다. 바로 나의 흡연으로 발생한 아래윗집 '층간 흡연' 문제다.

인생 이모작으로 글을 쓰기로 작정하고 종일 책상에 앉아 머리를 짜다 보니 자연스레 입에는 담배가 물려있고, 타이핑되는 글자 수에 비례

해서 방안에는 담배 연기가 자욱하다. 날씨가 추운 계절에는 창문을 닫아두고 가끔 환기를 시키니까, 방안에 담배 냄새가 배는 게 당연하다.

한 달에 한 번쯤 들르는 초등학생 손녀는 자기가 작가의 방이라 이름 붙인 내 방문을 빼꼼 열고 들어와 뭐하냐며 잠시 얘기를 나누곤 했었다. 그런데 이제는 담배 냄새가 나서 그런지 놀러 와도 아예 내 방문은 노크도 안 한다.

한겨울이 아니면 환기를 위해 창문을 활짝 열어놓을 수밖에 없다. 그런데 그 환기라는 것이 방안의 연기를 창문 밖으로 끌어내어 공중에 확산시켜 희석하는 것이니, 자연히 위층 창문을 통해 방 안으로 들어갈 수도 있다.

새로 이사 온 윗집에 중년 부부와 고등학생 두 명이 사는데, 낮 동안은 빈집이지만 밤에 귀가하고 나면 문제가 생기게 된다. 하필 내 방 위쪽이 학생 공부방이었던지 참다못한 부모로부터 몇 번 항의가 있었다. 내가 나이가 있어서 직접 대놓고 얘기는 못 하고 메모지에 '연기 때문에 참기 힘들다'는 사연을 적어서 내 집 출입문에 붙여둔 것이다.

처음엔 내가 괜히 화가 나서 "내 집에서 담배도 못 피우냐?"고 위층을 향해 고함을 쳤다. 사실은 윗집에서 내는 쿵쿵거리고 덜거덕거리는 소음이 보통이 아니었다. 그래도 아파트 자체가 소음이 많이 나도록 지어진 줄 알기 때문에 그러려니 하고 불만을 삼키며 참았던 터다. 그런데 담배 연기 좀 올라갔다고 어르신한테 감히 메모지를 써서 붙이다니.

고약한 젊은이들 같으니라고.

내 집 아래층에도 내 또래 주인 남자가 담배 피우는데, 그 집 연기가 올라갔을 수도 있지 않은가? 하지만 그 양반은 집 밖에 나가서 피우고 들어오는 걸 여러 번 보았다. 아내는 나보고 밖에 나가서 피우라고 했지만, 몇 번 그러다가 하루 두 갑을 피우는 골초가 할 짓이 아니라서 그만두고 말았다.

그러나 어쩌겠는가, 몇 달이 지나는 동안 윗집이 신경 쓰여 담배 피울 때마다 창문을 닫아야 했던 나는 큰 결심을 하지 않을 수 없게 되었다. 지병이던 위십이지장궤양이 도졌는데, 십 년 넘는 단골병원 젊은 의사 선생이 담배를 끊어야 한다고 강력히 권고했기 때문이다.

며칠간 토하며 밥도 제대로 못 먹던 나는 조금 회복이 되면서 버릇처럼 입으로 가져가던 담배를 뎅강 분질러버렸다.

"이까짓게 뭔데 여러 사람한테 창피한 소리 들어가며 피워야 하나?"

내 자존심이 담배와의 결별을 부추긴 것이다.

그리고는 독한 마음을 먹고 아깝지만, 한 개비를 절반만 피우다 꽁초로 버리는 방법으로 금연을 시작했다. 나중엔 니코틴이 약한 전자담배로 바꾸면서 근 두 달 만에 완전히 끊을 수 있었다. 그와 함께 내 방에 번져있던 퀴퀴한 담배 냄새도 사라졌다. 그뿐인가, 예쁜 손녀가 오면 "할아버지, 담배 끊었다"라며 자랑스레 예전처럼 용돈도 많이 줄 수 있게 되었다.

그런데 요즘 어쩌다 응접실 베란다 창문을 열어놓으면 아래층에서 올라온 담배 냄새가 솔솔 들어올 때가 있다. 그 냄새가 역겨워 눈살을 찌푸리던 나는 전에 윗집에서 꽤 힘들었겠다는 생각에 피식 웃고 만다. 가해자에서 피해자로 바뀐 여유인가?

   애연 40년?
   그게 뭐 그리 대단하고 자랑스러운 일이라고!
   끊지 못하는 우유부단함이 창피한 거지.

『문학의 봄』 2020년 여름호

어리굴젓

초인종이 울려서 내다보니 택배 기사가 서 있다. 얼떨결에 묵직한 포장 물품을 받아 들었는데, 젊은 택배 기사가 머뭇거린다.

"사인해줄까요?" 했더니 잠시 주저하다가 그냥 가버린다. 염색을 안 한 내 머리가 너무 허옇고 이마가 벗어져, '이 노인네에게 주고 가도 될까?' 싶어 망설인 것 같아 피식 웃음이 나왔다.

꾸러미를 열어보니 한 살 아래 처고모가 500g들이 명란젓, 낙지 젓갈, 어리굴젓 세트를 보내왔다. 처고모가 보험설계사를 하는데, 아내가 두 아들놈 자동차보험을 들게 해 줬더니 명절마다 답례로 부쳐오는 선물이다.

명란젓은 연한 살구색으로 짜지도 않고 맛이 아주 좋아서 내 몫으로 챙기고, 나머지는 장남 내외에게 주곤 한다. 외출 중인 아내에게 문자로 알려주고 명란젓을 개봉해 한 알을 꺼내어 작은 용기에 담고, 나머지는 냉장고에 넣었다.

잠시 후 점심을 먹으려 반찬을 꺼내다가 문득 며칠 전에 어디에서 읽었던 굴의 효능에 관한 기사가 떠올랐다. 이집트 여왕인 클레오파트라가 피부미용을 위해 애용했고, 18세기 희대의 호색한 카사노바가 한 끼에 열두 알씩, 매일 네 번을 먹었다는 내용이었다.

굴에는 비타민 A, B1, B2, 니아신(B3)이 들어있어 피부에 탄력을 주고, 멜라닌 색소를 분해하는 기능이 피부 미백 효과를 준다고 한다. 아연 함량이 풍부해서 테스토스테론 분비를 촉진하여 정자 생성을 활발하게 만들며, 전립선 비대증 예방에도 도움이 된다고 한다.

어쩔까 망설이다가 어리굴젓도 개봉하여 몇 숟갈 퍼서 접시에 담았다. 며느리는 원래 피부가 하야니까 달리 미백할 필요도 없을 것이고, 장남은 겨우 마흔 조금 넘었는데 어리굴젓 안 먹어도 별일 없을 터이니, 진갑進甲도 지난 노인네가 먹어 치웠다고 설마 아내가 불평이야 하겠나 싶다.

새로 지어 김이 모락모락 나는 하얀 쌀밥에 어리굴젓 한 점 입에 넣어 잘근잘근 씹어본다. 예상외로 물렁거리지 않고 제법 오돌오돌한 것이 씹히는 맛이 일품이다. 야들야들한 속살이 입안에서 사르르 녹으며 꿀꺽 넘어간다.

어리굴젓의 '어리'라는 말은 어리고 작다는 뜻이고, 너럭바위에 붙어 사는 자연산 굴이 '이리 굴'이나.

조수간만의 차가 큰 서해안 간월도 산이라고 하던가? 굴은 햇볕을 쬐면 생장이 중단되기 때문에, 하루에 두 번 햇볕에 노출돼 말려지고 바닷바람에 씻겨서, 3년 정도 자란 것도 크기가 2~3cm밖에 안 되며, 속살이 탄력 있고 맛이 아주 고소하다고 들었다.

간월도 '강굴'은 '물 날개'(굴의 표면에 나 있는 작은 명털)가 자잘하고 그 수가 많아 고춧가루 양념 등의 배합률을 높여 주기 때문에 독특한 맛을 낸다고 한다.

세계적으로 바다를 낀 나라에는 모두 굴이 나는데, 프랑스, 미국, 캐나다, 호주, 뉴질랜드, 일본산이 일품이라고 한다. 중국의 담강, 주해, 청도에서도 굴이 나지만 날것으로 먹기에는 적합하지 않아 익혀서 먹는다고 한다.

유럽에서는 굴을 바다의 우유로 비유하고, 17~18세기 남성들이 비밀리에 모여서 굴 시식 의식을 가졌다고도 하며, 로마의 카이사르 황제가 생굴을 먹기 위한 목적으로 영국을 침략했다는 야사도 전해진다.

우리나라에서 자라는 굴의 종류는 토굴, 태생굴, 가시굴, 참굴, 긴굴, 갓굴, 일본굴, 주름꼬마굴, 옆주름덩굴굴 등 9가지가 있다.

이 중에 '가시굴'은 각고殼高와 각장殼長이 3cm로 작으며, 조간대潮間帶의 간조선干潮線에 떼로 부착하여 사는데, 선사 시대 조개더미인 패총에서 나오는 굴 껍데기의 대부분을 차지한다.

참굴은 각고 3cm, 각장 5cm로 담수의 영향을 받는 하구 쪽이나 조간대의 만조선滿潮線 부근 바위에 붙어살며, 양식하는 굴은 모두 이 참굴이다.

아들놈들과 처고모 덕분에 겨울철 보양식으로 어리굴젓을 먹기는 했는데, 이번 설날에 장남 내외에게 낙지 젓갈만 건네주게 된 아내한테서 푸념 소리를 듣지나 않을지, 어째 뒷맛이 개운치가 않다.

『문예감성』 2015년 등단작, '홀로 바둑을 두며'와 동봉한 작품

비둘기

　나는 시화공단이 있는 인구 40만 명 정도의 S시에 살고 있는데, 20여 년 전에 조성된 계획도시라서 상업지역과 주거지역이 곧게 뻗은 도로에 의해 반듯하게 구분되어 있고, 도로변의 화단도 작은 공원 수준으로 잘 가꾸어져 있다.

　우리 동네 주변의 상업지역과 주거지역을 가르는 왕복 8차선, 3백 미터 정도의 도로에는 아래위 끝부분에 횡단보도가 있고, 도로 중간쯤에 휠체어도 건널 수 있는 육교가 놓여있다.

　사람들의 왕래가 잦은 육교 아래 정류소 근처 공터에는 항상 비둘기 백여 마리가 수시로 날아와 길바닥에 떨어진 먹이를 찾아 헤매는 모습을 볼 수 있었다. 지나가던 사람들이 먹던 과자나 빵 부스러기를 던져주기도 하고, 일부러 모이를 가져와 흩뿌려 주기도 했던 때문이다.

　그런데 1년쯤 전에 그 공터에 그물을 덮어씌워 말뚝을 박고, "비둘기는 해로운 짐승이니 더는 먹이를 주지 맙시다"라는 팻말이 세워졌다. 더운 여름철에 비둘기 분뇨에 의한 역겨운 냄새에 질린 일

부 주민들의 항의에 따른 시청 해당 부서의 어쩔 수 없는 조처로 생각되었다.

평소 비둘기에 대해 좋은 감정을 지니고 있던 나는 '뭐 그렇게까지 하나?' 싶어 약간의 반감을 느꼈지만, 비둘기가 이미 2009년에 '유해 야생동물'로 지정되었다는 사실을 알고 있어서 그러려니 하고 아쉬움을 남긴 채 지나쳤다.

그 결과 그 많던 비둘기가 모두 다른 곳으로 떠났는지, 지금은 겨우 십여 마리만 습관처럼 날아와 땅바닥을 쪼는 모습이 가끔 눈에 뜨일 정도이다.

멋있게 생기고 이름도 고운 비둘기를 1960년대까지만 해도 한국어에서는 '비닭'이라고 불렀다는데, 닭이 아니라는 의미의 비닭非닭에서 나왔다고 한다.

혹은 날아다니는 비닭飛닭을 의미했을 수도 있고, 아니면 '빛이 나는 닭'을 의미한 '빛닭'이 어원일지도 모른다. 어쨌든 비둘기는 비닭, 비닭이, 비달기, 비다라기, 비두로기, 비다리 따위로 널리 쓰여왔다.

고려 때 고려가요인 '유구곡'에서 '비두로기'로 불렸고, 조선 시대인 1527년에 쓰인 '훈몽자회'에서 '비두리'로, 1576년 '신증유합'에서는 '비둘기'로 불렸다고 한다.

시인 이육사의 시 '소공원'에는 "한낮 햇발이 백공작 꼬리 우에 함북 퍼지고, 그 너머 비닭이 보리밭에 두고 온 사랑이 그립다고 근심스레

코고 울며"라는 구절이 나오고, '편백'이라는 시에는 "비닭이 같은 사랑을 한 번도 속삭여 보지도 못한 가엾은 빡쥐여! 고독한 유령이여"라는 구절도 보인다.

또 1930년대에 쓰인 시인 이상의 시 '오감도 시 제12호'에서는 "그것은 흰 비둘기의 떼다. 이 손바닥만 한 한 조각 하늘 저편에 전쟁이 끝나고 평화가 왔다는 선전이다"라고 읊고 있다.

이처럼 시詩에서 비둘기는 사랑스럽고 평화로운 날짐승으로 받아들여지고 있다.

금실이 좋은 비둘기는 평생 일부일처로 살아가지만 홀로 되면 아주 천천히 새로운 짝을 받아들인다. 암컷은 간신히 알을 지탱하는 부서지기 쉬운 둥지에 2개의 광택 있는 흰색 알을 낳으며 일반적으로 암컷은 밤에, 수컷은 낮에 알을 품는다. 14~19일간 알을 품지만, 어미는 둥지에서 12~18일산 더 새끼를 돌본다.

어미는 새끼에게 모이주머니 내층에서 나오는 비둘기유pigeon's milk를 먹이는데, 이것은 프로락틴 호르몬에 의해 촉진되어 생성된다. 새끼는 어미의 목 안으로 부리를 쑤셔 넣어 비둘기유를 먹는다.

기록상 5천 년 전부터 사람들이 길들여 기른 비둘기는 현재 약 300여 종에 이르며 우리가 흔히 보는 도시의 비둘기는 바위비둘기의 아종인 '집비둘기'이다.

서양 사람들은 희고 작은 돌연변이 비둘기를 평화의 상징으로 생각하여 '평화의 비둘기dove of peace'라고 부르는데, 실은 이 하얀 비둘기의 공식 명칭은 '흰 집비둘기white domestic pigeon'이다.

일반적으로 몸집이 작은 종류인 멧비둘기, 바위비둘기, 염주비둘기를 더브dove라고 부르고, 몸집이 큰 종류인 양비둘기hill pigeon, 흑비둘기, 녹색비둘기, 여행비둘기는 피전pigeon이라고 부르는데 양자를 구별할 기준은 없다.

우리나라에는 집비둘기의 조상인 양비둘기, 흑비둘기, 염주비둘기 및 멧비둘기 등 4종의 텃새가 살고 있다.

그런데 1960년대 이후 크고 작은 각종 행사에 비둘기가 동원된 데 이어 1986년 아시안게임, 1988년 올림픽 때 각각 3,000마리를 방사하면서부터 뛰어난 번식력과 적응력을 지닌 도시의 비둘기 수는 폭발적으로 늘어났다.

근래에 들어서 비둘기의 산성 강한 배설물이 차량과 건물뿐만 아니라 문화재를 부식시킨다는 민원이 늘어나고, 깃털 속에 진균류가 자라고 바이러스 같은 병원균을 사람에게 옮긴다는 주장도 제기되자, 결국 환경부는 2009년에 비둘기를 '유해 야생동물'로 지정하게 되었다. 그에 따라 일부 지자체에서는 감염병 예방 및 시민 생활권 피해를 줄이기 위해 포획, 알과 둥지 제거, 부화 억제제 살포 등 비둘기 퇴치 작업을 시행하기도 했다.

잡식성이라 굳이 벌레나 열매 따위를 찾아다닐 필요도 없이 공원 등지에서 인간이 먹다 버린 고열량 음식 찌꺼기를 먹는 도심의 비둘기는 닭처럼 걸어 다니느라 허벅지가 굵어져서 '닭둘기'라 불리며 비웃음을 받기도 한다.

멋진 몸매로 창공을 가르던 유순한 날짐승을 닭이 아닌 '비닭이'라고 부르며 평화의 상징이라고까지 칭송하더니, 이제는 걸어 다니는 '닭둘기'로 만들어놓고 수단과 방법을 가리지 않고 씨를 말리려 하고 있다.

사람들이 비둘기를 즐겨 길렀던 데는 세 가지의 이유가 있다. 첫째는 서신을 전달하는 통신용이고, 둘째는 아름다움을 감상하려는 관상용이며, 셋째는 맛있는 고기를 얻기 위한 사육용이다.

최고 시속 112km를 자랑하며 이 속력으로 10시간 이상을 날아 1,000km 밖까지 갈 수도 있고, 제집을 찾아오는 귀소본능이 탁월한 비둘기는 편지를 전달하는 전서구傳書鳩로서 제1차 세계대전까지만 해도 군사용으로 쓰였다.

예전에 대만에서는 최고의 전서구를 가리는 대회가 열렸는데, 2009년에 1등을 한 비둘기의 몸값은 2억 원이었고 그 알의 가격도 무려 5백만 원이었으며, 2019년에는 몸값이 16억 원 정도 되는 비둘기도 나왔다고 한다.

한동안 외출이 뜸했던 나는 며칠 전 오후 3시쯤에 상업지역에 볼일이 있어 도로변의 간이 공원을 지나갔는데, 저만치 나무숲 위로 수십 마리의 비둘기가 날아들었다.

웬일인가 싶어 가까이 가봤더니, 너른 공터에 어떤 아주머니 한 분이 서서 비둘기 모이를 뿌려주고 있는데, 벌써 와서 모이를 쪼는 비둘기까지 합하면 백여 마리는 되어 보였다.

차양 모자를 눌러쓰고 일부러 시선을 피해서 얼굴을 자세히 볼 수는 없었지만, 차림새로 봐서 50대 중반은 되어 보이는 수더분한 부인으로 여겨졌다. 몰래 무슨 잘못이라도 저지르는 사람처럼 타인의 접촉을 꺼리는 눈치라서 나는 조금 빠른 걸음으로 그곳을 지나쳐 갔다.

볼일을 마치고 한 시간쯤 뒤에 돌아오면서 그 자리를 유심히 살펴봤는데, 비둘기 십여 마리만 모이를 찾아 여기저기를 기웃거리고 있었다. 예상과는 달리 시멘트 벽돌을 깔아 만든 바닥은 배설물 하나 없이 깨끗했고, 한여름인데도 상상했던 그 어떤 불쾌한 냄새는 전혀 나지 않았다.

집에 와서 아내에게 그 얘기를 했더니, 자기도 본 적이 있는데, 얼마 전부터 그곳에서 그렇게 얼른 모이를 뿌리고 서둘러 간다고 한다. 다른 사람들 얘기로는 그녀가 파지를 줍는 아줌마인데, 전에도 저쪽 육교 밑에서 모이를 줬고, 금지된 후에 이곳으로 옮겨서 매일 점심때가 지난 그 시간대에 왔다 간다고 한다. 그래서 이제는 비둘기들이 그 시간만 되면 알아서들 몰려오는 모양이다.

비둘기가 덩치는 크지만, 시끄럽게 울이대는 십자매나 잉꼬, 카나리아보다 나으니, 앵무새처럼 새장에 넣어 집안에서 애완동물로 키우면 어떨까?

아니면 비둘기 샤부샤부 같은 맛있는 요리를 개발하고 시골에서 꿩 대신 비둘기를 대량 사육하여 농가 소득을 올릴 수 있다면 얼마나 좋을까 싶다.

독재자의 대명사 아돌프 히틀러는 채식주의자라고 주장하면서도 새끼 비둘기구이에는 사족을 못 썼다고 한다. 1930년대 독일 함부르크의 한 호텔에서 속을 혀와 간, 피스타치오(견과류 일종)로 가득 채워 구운 어린 비둘기 요리를 자주 먹었다는 영국 요리사의 증언이 있다.

요즘 홍콩에서 광둥요리로 유명한 '올드 베일리Old Bailey'라는 레스토랑의 대표 요리는 비둘기 훈제구이이다. 접시 위에 씌워놓은 불투명한 새장을 열면 하얀 연기가 뿜어져 나오며, 배를 갈라 엎어 바비큐 통닭처럼 까무잡잡하게 그을린, 겉은 바삭하고 살코기는 부드러운 큼직한 비둘기가 맛난 모습을 드러낸다.

비눌기는 물이 있으면 하루에 서너 번씩 목욕을 즐기는 깨끗한 동물이라고 한다.

사람과 비둘기가 함께 살아갈 수 있는 멋진 사회를 만드는 것도 우리 인간의 마음 먹기에 달려 있지 않을까 싶어 안타깝다.

『문예감성』 2019년 여름호

묘(猫)한 이야기

내가 사는 아파트 단지 근처에는 꽤 넓은 인공 하천이 흐르고 있다. 하천의 양쪽 언덕에는 패랭이꽃, 금잔화 등의 화초와 개나리, 철쭉 같은 관목을 비롯해 단풍나무, 소나무, 편백나무 등 각종 수목이 우거져, 계절의 변화에 따라 철마다 새롭고 멋진 모습을 보여준다.

키 높이의 갈대와 부들이 무성한 하천 중간에 커다란 화강암을 두 줄로 늘어놓은 징검다리가 만들어져 있다. 나는 한가한 시간에 다리를 건너 하천 둘레길을 산책하며 식물이 배출한 항균성 물질인 피톤치드가 배인 신선한 공기를 실컷 마시고 온다.

징검다리 건너 비탈진 둔덕에는 하천 쪽에 기둥을 세워 돋우고 나무로 마루를 깔아 차양을 지붕처럼 친 널찍한 공간이 있다. 여러 명이 산책 나와서 둘러앉아 음식도 나눠 먹고 놀 수 있는 휴식 공간이다.

그런데 엊그제 보니 그곳에 걸개그림 같은 커다란 현수막이 걸려있고 개집처럼 생긴 구조물도 놓여있다. 뭔가 싶어 다가가서 읽어봤더니, '길고양이 관리'에 관한 협조 요청문이었다.

"길고양이는 도심지나 주택가에서 자연적으로 번식하여 자생적으로 살아가는 자연생태의 일원으로, 도구 약물 등을 사용하여 상해를 입히거나 죽이는 행위는 동물보호법에 따라 처벌될 수 있습니다. T, N, R(포획-중성화 수술-방사) 사업은 개체 수 관리와 영역싸움 및 소음 등을 줄여주고, 적정한 먹이 공급으로 관리되는 고양이는 쓰레기를 뒤지지 않아 생활환경이 개선될 수 있으니 시민 여러분의 이해와 협조 당부드립니다."

내용인즉 거의 경고 수준이었다.

나무로 만든 개집 같은 구조물을 살펴보니, 안에 고양이 먹이가 담긴 그릇을 넣어 두었나.

기르다 유기된 반려묘나 자연적으로 서식하는 길고양이를 이렇게 먹이로 유인하고 포획하여 중성화 수술을 한 후에 다시 놓아줌으로써, 고양이가 이곳에서 먹이를 조달하며 사람에게 해를 끼치지 않고 제 수명대로 살게 해 주자는 취지인 것 같다.

협조문 밑에, 'S시 미래농업과'와 'S시 동물사랑협회'가 찍혀 있는 것으로 보아 어느 극성스러운 동물 애호가들이 주축이 되어 만든 합작품으로 보인다.

고양이는 영역領域 동물이어서 자기 영역 안에 머물 때 안정감을 느껴 편안해진다고 한다. 그래서 강아지는 매일 산책을 시켜주는 게 좋지만, 고양이는 밖에 나가면 오히려 스트레스를 받을 수 있어 산책을 즐기는 경우는 드물다.

강아지는 짖어대고 시끄럽지만, 고양이는 대체로 조용한 편이다. 게다가 본능적으로 배변을 파묻는 습성이 있어서 모래와 화장실만 준비해주면 스스로 알아서 잘 처리한다. 고양이는 좁은 공간에서도 잘 적응하고 비교적 독립적인 성격을 갖고 있어 주인에게 크게 의존하지도 않는다.

그래서일까, 최근에 반려동물로 개보다 고양이를 선호하는 사람이 늘어나서 반려묘가 급속히 증가하는 것 같다.

한국에서 반려동물을 키우는 집은 2018년 기준 566만 가구에 이르며 이는 전체 2,000만 가구의 4분의 1을 넘는다. 통계청 인구 총조사에 따르면 2018년 반려견犬 양육은 454만 가구이고 반려묘猫 양육은 112만 가구로, 반려견이 반려묘의 4배에 이른다.

그러나 일본은 2017년을 기점으로 반려묘가 반려견 숫자를 앞질렀는데, 2019년 현재 일본의 반려견은 880만 마리이고 반려묘는 964만 마리라고 한다. 전 세계적으로 보면 반려동물의 평균 비중은 2016년 기준 개 33%, 고양이 23%, 물고기 12%, 새 6% 순이며 파충류 등이 그 뒤를 따른다.

고양이는 개와 함께 인간의 가장 오래된 동반자이다. 개는 1만4,000

년 전쯤부터 인간을 따라다니기 시작했고, 고양이는 9,500년 전 중동에서부터 인간과 같이 살게 되었다고 한다. 하지만 겉으로 보기에 개는 늘 사람을 따르지만, 고양이는 사람과 함께 살아도 독립적인 삶을 즐기는 것 같아서, 고양이가 사람을 탐탁지 않게 여긴다는 오해를 사기도 한다.

야생 개는 늑대처럼 무리를 지어 먹이를 찾아 배회하다가 가축이나 시체가 썩어가는 인간의 야영지 근처에서 먹이를 구했을 것이다. 그러다 인간은 개에게 먹이와 안식처를 주고, 개는 인간에게 다가오는 위험을 알려주는 공생 관계로 발전했을 것이다.

고양이는 약 5,000년 전 아프리카 리비아 지방에서 고대 이집트인에 의해 다량 사육된 것으로 추정한다. 고양이를 길들인 것은 아마도 고양이가 설치류로부터 곡식 창고를 지켜준다는 것을 이집트인들이 알게 된 때부터일 것이다. 이집트인들은 고양이의 머리를 한 여신 Bast 에게 경배했으며, 수천 마리의 고양이 미라가 발견되기도 했다.

고양이는 다른 문화권에도 퍼져, BC 500년경에는 그리스와 중국에 흔하게 되었고, 인도에는 BC 100년경에 알려졌다. 우리나라에는 대체로 10세기 이전에 중국과 내왕하는 과정에서 들어온 것으로 추측된다.

고양이를 좋아해서 반려동물로 삼는 것까진 좋은데, 유기된 반려묘가 늘어나 숱한 길고양이가 어슬렁거리는 이 시기에, 고양이를 가까이 할 때 유념해야 할 주의사항 한 가지를 꼭 알리고자 한다.

미국 과학 매체 사이언스 데일리는 '로드 레이지'(난폭운전을 이르는 말) 등 극단적이고 충동적인 분노를 터뜨리는 '간헐적 폭발 장애'라는 정신질환을 앓는 사람은 '톡소포자충'에 감염되어 있을 확률이 높다고 보도한 적이 있다.

세균도 바이러스도 아니고 단세포 기생충인 '톡소포자충'은 감염된 설치류나 새를 먹은 고양이 몸속에서 일생의 대부분을 보낸다. 톡소포자충에 감염된 고양이는 몇 주 동안 매일 대변을 통해 수백만 개의 '톡소플라스마 $_{toxoplasmosis}$' 난포낭(알)을 배출한다. 사람들은 토양이나 물속에서 1년 이상 생존할 수 있는 이 난포낭을 통해 감염된다.

고양이 배변용 모래나 깔개를 교체한 더러운 손으로 입을 만지면 사람의 몸속으로 들어온다. 임신부가 감염되면 기생충이 태반을 통해 영아에게 선천성 톡소플라스마증을 일으킬 가능성이 50%나 된다.

미국의 고양이들은 약 40%가 톡소포자충에 감염된 것으로 추정되고, 약 11%의 미국 사람들이 톡소포자충에 감염되어 있지만, 보통은 증세가 나타나도 림프샘이 붓거나 근육통이 며칠간 지속하는 몸살감기 정도라서 대수롭지 않게 여긴다고 한다.

그러나 톡소포자충에 만성적으로 감염될 경우 염증이 증가하여 조현병, 자폐증, 알츠하이머병과 같은 정신장애를 일으키는 것으로 알려져 있다. 우리나라도 인구의 10%가 톡소포자충에 감염되었다는 주장이 있다.

경제가 어려워 취직도 힘든 각박한 시대에 살며, 결혼마저 포기한 싱글족과 고령층이 점점 늘어나면서, 고양이 같은 반려동물에 의지하려는 사람이 증가하고 있다. 인간은 짐승과 달라 선천적으로 사랑이나 친근감을 느끼는 정情이 많은 동물이다.

말수 적고 독립적이면서 앙증맞게 구는 고양이에게 호감을 보이는 것은 좋지만, 흙이나 물을 통해 부지불식간에 치명적인 톡소플라스마 기생충에 감염될 수 있다는 끔찍한 사실을 결코 간과해서는 안 된다.

동물 애호가들 덕분(?)에 이제는 우리 동네 하천 둘레길을 산책하다가 계단이나 잔디밭에도 함부로 앉지 못하게 생겼다 싶어, 어째 씁쓸한 기분이 든다.

『한국예인문학』 2020년 봄호

해마(海馬) 아빠

직장에 다니던 여성이 결혼하면 사직서를 내고 전업주부가 되는 것이 당연시되던 시절이 엊그제 같다.

양가 부모의 허락으로 가정을 이룬 어른이 되었으니, 남편은 가장으로서 돈을 벌고, 아내는 집안 살림 꾸리며 자식을 낳아 잘 길러야 할, 역할 분담을 의무처럼 받아들이던 때였다.

그런데 요즘 남자 혼자서 가슴팍에 불룩한 아기 포대기를 안고 다니는 모습을 흔히 보게 된다. 주말이나 휴일이 아닌 평일에도 자주 접하는 광경이다. 아기 돌보는 가사도우미가 직업인지는 모르지만, 어쩌면 아내와 역할을 바꾼 전업 남편일 수도 있다.

전문가들은 고학력, 고소득 여성들의 증가와 육아비용 인상으로 인해 전업주부 남편들이 점점 증가하고 있다고 분석한다.

미국 잡지 포천Fortune 기사에 의하면 가장 영향력 있는 여성 경영자의 30%는 남편이 가사를 전담한다고 한다. 어떤 글에 의하면 아내가 전체 수입의 51%~75%를 버는 집은 이혼율이 높지만, 아내가 75% 이상을 벌면 아예 남편이 직장을 그만두고 전업주부가 되기 쉽다고 한다.

영국의 전업주부 남편들 75%는 자녀들과 시간을 보내는 것이 행복하다고 응답했으며, 30%는 일을 하는 것보다 자녀를 돌보는 것이 더 보람이 있다고 응답했다. 그러나, 10%는 육아를 전담하면서 스스로 남성으로서의 존재감 상실을 느낀다고 했다.

여성들의 경우 37%는 자녀를 집에 놔두고 일하러 가는 것에 대해 죄책감을 느낀다고 응답했다. 인간사회에서 자식을 돌보고 키우는 육아는 당연히 여성의 몫이라고 여기기 때문일 것이다.

임신과 출산으로 젖을 먹여 키우는 포유류는 대체로 암컷이 새끼를 돌보고 수컷은 밖으로 먹이 사냥을 나서는, 인간과 거의 비슷한 양상을 보인다.

암컷이 체외에 산란하고 수컷이 수정하는 물고기의 경우, 수중의 돌덩이 틈에 붙여둔 알이 부화할 때까지 암수가 번갈아 지느러미로 부채질하여 신선한 산소를 공급하며 지키는 어종도 흔하다.

그런데 바닷속에 사는 물고기 중에 상상을 초월하는 아주 희한한 생물이 있다. 바로 동물계에서 부성애의 대명사로 불리는 수컷 해마 海馬 이다.

해마는 수컷이 임신하는 독특한 물고기인데, 새끼를 낳는 출산의 과정도 당연히 수컷 해마가 겪게 된다.

해마의 학명은 히포캄퍼스Hippocampus로 그리스 신화에 나오는 바다의 신神 포세이돈의 마차를 끄는, 상체는 말이고 하체는 물고기인 괴물의 이름에서 따왔다.

흔히 Seahorse海馬 라고 불리는 해마의 머리는 말과 같은 형태이고, 배가 볼록하게 나왔으며, 꼬리는 둥글게 감겨있다. 몸은 딱딱한 골판으로 덮여있고, 몸에서 꼬리까지 둥글게 수십 개의 체륜體輪이 나타난다.

말보다 용의 머리에 더 가깝고, 머리와 직각으로 몸통을 꼿꼿이 세우고 헤엄치는 해마의 길이는 10cm 정도이다.

놀랍고 신기한 점은 수컷 해마 배 쪽에 새끼를 키우는 자궁처럼 생긴 육아낭育兒囊이 있다는 것이다. 산란기가 되면 암컷과 수컷이 만나 매우 정성스럽게 배를 서로 문지른다. 그러다 암컷이 수란관을 수컷의 육아낭에 집어넣고 알을 낳으면, 수컷이 수정하여 자기 몸에서 2주 만에 부화시킨다.

수컷은 보통 12~15시간씩 몸이 뒤틀리는 고통스러운 산통을 겪으며 부화시키고 그 새끼들을 독립할 때까지 뱃속 육아낭에서 키운다. 수명이 2년가량인 해마는 주로 따뜻한 4~6월에 번식하며, 최소 6마리에서 최대 75마리(평균 39마리)의 새끼를 출산한다.

출아出芽하여 아비로부터 멀리 헤엄쳐 나가는 새끼들은 몸길이가 1cm 정도인데, 치어 1,000마리 가운데 겨우 5마리 내외만 생존한다고 한다.

해마는 평생 한눈팔지 않고 일부일처로 산다. 수컷은 새끼를 키우느라 겨우 가로세로 1m 정도의 좁은 영역에 머물고, 암컷은 그보다 100배나 넓은 가로세로 10m의 넓은 지역을 맘껏 헤엄치며 돌아다닌다.

해마와 머리 모양은 비슷하지만, 몸길이가 40cm로 크고, 해초처럼 생긴 몸통을 흐느적거리며 헤엄치는 해룡海龍이라는 물고기가 있다. 해룡의 수컷은 육아낭이 없어 알을 꼬리에 붙이고 다닌다.

우리나라에 서식하는 해마의 종류는 해마, 산호해마, 복해마, 가시해마, 점해마 등 5종이 있었는데, 2012년에 완도군 소안도 일대에서 새로운 2종이 발견되어 소안해마, 안깃털해마로 명명되었다.

해마는 주로 수심 18m 이내의 얕은 연안에서 모자반이나 잘피 등의 해조류 잎에 꼬리를 감은 채, 가늘고 긴 주둥이의 흡인력으로 지나가는 동물플랑크톤이나 곤쟁이 같은 작은 새우를 잡아먹는다.

전 세계적으로 약 50여 종이 생존하는 해마는 1년에 3~4대까지 번식해서 할아버지 해마와 손주 해마가 뒤섞여 살지만, 탐욕스러운 인간들의 무분별한 남획으로 멸종 위기를 겪고 있다.

'동의보감'에서는 "성은 평온하고 독이 없으며 난산을 주치主治한다. 부인의 난산 시에 이것을 손에 쥐면 양과 같이 순산한다"라고 기록되어 있으며, 명나라 때 이시진이 집대성한 '본초강목'에도 해마의 난산 치료 및 보신 효과와 관련한 언급이 있다고 한다. 그래서인지 실제로 중화권에서는 해마를 천연정력제로 여기고 있어 해마가 멸종 위기에 처한 것도 중화권 보신 문화와 무관하지 않다는 설이 있다.

우리나라의 해마 수출 자료를 보면 2013년 1.2t, 2014년 1t, 2015년 0.95t인데, 2015년 12월에 수산청이 해마 수출허가증 발급을 중단했다고 한다.

해양수산부는 2013년에 멸종 위기에 처한 복해마와 가시해마 2종류를 '보호 대상 해양생물'로 지정한 바 있다. 다행히 국립수산과학원에서

2010년에 호주에 이어 세계 2번째로 빅 벨리 해마_{Big belly seahorse}의 완전 양식에 성공했다는 보도가 있었다.

아직 우리나라 이름이 없는 빅 벨리 해마는 성체가 보통 18cm 정도 이고, 35cm까지 자라는 대형 종에 속하며, 아름다운 빛깔과 체형을 갖 고 있어 국제 해수 관상생물 시장에서 인기가 높다고 한다.

현재 제주도에서 대량으로 양식하고 있는 빅 벨리 해마 추출물의 항 산화 효능이 2016년에 검증되어, 피부노화 방지 기능을 보유한 원료로 판명되었다. 앞으로 해마의 관상용 가치 외에 한약재로서의 산업적 가 치가 크게 기대되는 바이다.

부성애의 대명사인 해마 아빠를 떠올리며, 아기 포대기를 안고 다니는 전업 남편들의 표정이 민망함에서 당당함으로 바뀌기를 기대해 본다.

『문예감성』 2020년 여름호

구피

"어, 이걸 왜 버렸지? 아직 쓸 만한 물건인데…."

나는 재활용 분리수거 백에 버려진 지름이 12cm쯤 되는 원통형 투명 플라스틱 반찬 통을 보고 고개를 갸웃거렸다.

아내는 쓰던 물건을 좀처럼 버리지 않는다. 그런데 며칠 전에 티브이에서 집안의 잡동사니를 내다 버리고 새로운 삶의 기쁨을 갖게 됐다는 프로를 보더니 이제 웬만한 물건들은 아끼지 않고 버리기로 작정한 모양이다.

나는 반찬 통이 모양도 예쁘고 손잡이도 달려있어서, 어항으로 만들어 지금 키우고 있는 구피를 몇 마리 담아 추석에 올 손녀에게 주면 아주 기뻐하겠다는 생각이 얼핏 들어서 깨끗이 씻어 말려두었다.

"지놈에 구피, 이제 다 내다 버려야 할까 봐요!"

여고 동창회에 다녀온 아내가 집안으로 들어서자마자 거실 티브이 옆에 놓인 어항을 바라보더니 짜증 나는 듯 뜬금없는 소리를 했다.

"구피를 왜…?"

어항을 유심히 살펴보니 여과기의 '레인바'에서 쏟아져야 할 가느다란 물줄기가 모두 멎어있다. 2주일마다 어항 물을 갈아주고 청소도 해야 하는데, 3주가 지나도록 방치했더니 수조 내의 부유물질로 인해 물 순환 대롱이 막혀버린 것이다.

은퇴 후에 글이나 쓴답시고 노는 주제이다 보니 오늘처럼 아내가 동창들을 만나고 오는 날이면 괜히 자격지심이 들어 신경을 곤두세우고 무슨 안 좋은 일은 없었는지 아내의 눈치부터 살피기 바쁘다. 그런데 다짜고짜 잘 기르고 있던 애완용 물고기 구피를 내다 버리자니!

"물 갈아 주고 어항 청소하는 것도 지겨운데, 먹이도 새로 사야 하고….."

아마도 오늘 동창 중에 남편이 아직 사회 활동을 하는 친구를 만나고 속상해 돌아와서 집안에서 빈둥거리며 어항의 물도 제대로 갈아주지 않은 내게 간접적으로 짜증을 부리는 것이리라. 나는 얼른 양동이와 바가지, 국수 삶을 때 쓰는 그물망 국자를 챙겨서 어항으로 걸어갔다.

아내는 몇 달 전에 같은 아파트 이웃집에서 구피 20마리를 공짜로 분양받아 왔다. 마침 이사 가는 사람이 버려둔 어항이 있다며 수조에 넣을 돌멩이와 조개껍데기, 플라스틱 인조 수초까지 거저 얻어왔었다.

어항 뒤쪽은 한 자가 조금 넘는 길이었고, 반 자쯤 나온 앞면의 양쪽에서 곡면을 이루고 불룩하게 튀어나온, 제법 보기 좋은 모양새의 어항이었다.

신바람이 난 아내는 마트에서 여과기와 구피 전용 사료를 사 왔고 티스푼 하나 분량을 아침저녁 두 번 나눠서 먹였다. 산책 다니는 공원 연못에서 이름 모를 수초와 개구리 밥풀을 떠다가 어항 속에 넣어주기도 했다.

불과 3만 원도 안 되는 돈으로 결혼 40년 만에 처음으로 거실에 그럴 싸한 수족관을 마련한 셈이다.

암수 모두 부채처럼 생긴 꼬리가 붉은색이었고, 수컷보다 큰 암컷은 송사리 색깔의 몸통이 꼬리의 두 배쯤 되며, 꼬리와 몸통 사이에 푸른 색을 띤 수컷은 몸통과 꼬리 면적이 비슷했다.

우리 내외는 쉬지 않고 이리저리 헤엄쳐 다니는 물고기들이 재미나 서 매일같이 들여다보면서 배가 불룩한 암컷이 언제 새끼를 낳을지 몹 시 궁금해했다. 무슨 종류이고 이름이 뭔지 알아보려고 인터넷을 검색 했더니 사진으로 나온 구피만 수십 가지였다.

난태생 송사리과 어종인 구피는 남미 베네수엘라 섬 지역의 따뜻한 하천이 원산지이고, 교배 후 알 형태로 어미가 뱃속에 품고 있다가 알 을 깨고 한 번에 10~30마리 정도의 새끼를 낳는다.

깃 태어난 새끼는 작고 가는 몸통에 두 눈만 동그랗게 붙어있고, 수 초 사이에 숨어서 크다가 몸길이가 1cm 정도 되어야 큰놈들 사이에 끼 어서 제대로 돌아다닌다. 왜냐하면, 구피는 어미의 배 속에서 태어나는 새끼들을 잡아먹기 때문이다.

자세히 들여다보면 수컷들이 산란 직전의 암컷 꽁무니를 따라다니며 주둥이로 새끼들을 잡아먹으려는 모습을 자주 볼 수 있다. 배가 고파서 도 아닌데 자기 새끼든 남의 새끼든 나오는 대로 먹어 치운다.

그 이유는 알 수 없지만 아마도 한정되고 협소한 강물 속에서 종족이 다량으로 번식되면 결국은 자기들도 먹이가 모자라서 죽게 될 거라는 본능에 의한 것이 아닐까 짐작만 할 뿐이다.

그보다 더 놀라운 것은 몸통 색, 꼬리 색, 무늬, 꼬리 모양에 따라 명명되는 구피가 수백 종을 넘는다는 것이다.

우리 집 어항에 있는 구피는 흔하게 볼 수 있는 밋밋한 모양새로 그냥 '막구피'라고 불리는 종류에 속한다. 막구피는 기본 몸통 색깔에 따라 레드, 블루, 옐로, 블랙구피와 드래곤, 팬시구피 등이 있다.

이 막구피들은 원래 조상의 형질을 그대로 물려받은 종류로, 생명력이 강해서 개체 수가 많다 보니 가격도 저렴하다.

종류가 다른 막구피를 이종 교배해서 생긴 잡종은 돌연변이에 의해서 모양이나 색깔도 다양해지는데, 이것 중에서 멘델의 유전법칙에 따라 잡종강세로 살아남아 다음 세대도 같은 종류가 생산되는 것을 '고정 구피'라고 부르며 가격도 비싸다. 이름도 '블루 더블 테일'이나 '하프 문 플래티넘'처럼 고상하게 불린다.

가격이 가장 비싼 구피는 '노블구피'라고 불리는데 고정구피보다 더 진기한 모양새와 화려한 색상을 지닌다. 이것들은 수십 년간 교배시키면서 개량한 품종으로 '하프 블랙블루 리본 롱핀'이나 '알비노 레드레이스 스네이크 스킨'처럼 이름도 복잡하게 붙여진다.

이종교배에 대비되는 것이 유사 형질 간의 교배, 즉 동종교배인데 이러한 근친교배를 오랫동안 지속하면 열성유전자의 발현이 강해져서 기형이나 열성 개체가 생산된다고 한다.

몽골의 우량한 말을 제주도에 사육하여 조랑말로 퇴화한 것이나, 하천 생태계를 교란하던 황소개구리의 자연적 감소가 그 좋은 사례이다. 한때 동성동본 결혼이 금지된 이유도 이 동종교배 퇴화의 법칙 때문이라고 한다.

반년에, 수천 년 동안 세계를 떠돌며 다양한 형질의 민족과 얽히고설킨 유대민족은 순수 유대인보다 폴란드계 유대인, 독일계 유대인 하는 식으로 전형적인 잡종강세를 보인다고 한다.

어쩌면 기업이나 정치권의 정당들도 마찬가지일지 모른다. 남의 좋은 것을 수용하지 못하고 내 것만 고집하면서 폐쇄적인 자세를 취한다면 겉보기에는 일사불란하게 움직이는 것처럼 보일지 모르겠지만, 언젠가는 열성으로 가득 차서 결코 강한 조직은 되지 못할 것이다.

민주주의 국가가 강한 것도 이러한 이유에서가 아닐까?

"여보, 옥구공원에 산책하러 안 갈래요?"

땀을 뻘뻘 흘리며 어항 청소를 다 마친 나는 말려두었던 플라스틱 반찬 통을 들고나와 아내에게 물었다.

"웬일이래요? 같이 가자고 할 때는 안 간다더니!"

실내복 차림의 아내는 버렸던 반찬 통을 자랑스럽게 흔드는 내 꼴을 보고 뜨악한 표정을 지었다.

"응, 여기에 수초랑 개구리 밥풀 담아 와서 어항을 만들까 해서. 추석 때 우리 규리 오면 구피 몇 마리 분양해서 주려고!"

"아, 그래요? 옷 갈아입고 나올게요. 얼른 갑시다!"

아내는 안방으로 쪼르르 달려갔다.

푸른색 막구피를 몇 마리 사다가 함께 넣어주면 잡종강세에 의한 신품종이 탄생하겠지, 생각하며 나도 모르게 콧노래가 흘러나왔다.

『문예감성』 2016년 가을호

소라게의 교훈

"어! 저게 뭐지?"

바닷가 모래톱을 거닐다가 작은 소라고둥이 살금살금 기어가는 모습을 보고 깜짝 놀라기도 한다. 그런데 자세히 들여다보면 소라가 아니고, 빈 소라고둥의 껍데기에 들어가 집으로 삼으며 살아가는 집게, 즉 소라게다.

모래나 진흙 바닥, 드물게 땅과 나무 근처에 사는 소라게는 게, 가재, 랍스터, 새우처럼 몸체의 표피가 칼슘이 풍부한 키틴질의 딱딱한 껍질인 갑각甲殼으로 덮인 갑각류이다.

소라게의 몸은 크게 머리와 가슴이 붙어 외부로 노출되는 갑각의 두흉부頭胸部와 갑각 없는 맨살의 복부腹部로 구성된다. 길고 부드러운 복부는 비대칭이며, 소라 껍네기의 나선형 내부에 맞추기 위해 보통 오른쪽으로 뒤틀려있다.

두흉부에는 2쌍의 촉각과 5쌍의 다리가 있는데, 다리 중 첫 번째 쌍은 굵게 발달한 집게발로 보통 오른쪽 것이 더 크다. 두 번째와 세 번째 쌍의 긴 다리로 걸으며, 짧은 네 번째와 다섯 번째 쌍의 다리는 은신처가 되는 고둥 껍데기 내부에서 중심 원추를 움켜잡는 데 사용한다.

소라게는 물이 빠져나간 갯벌 등의 수심이 얕은 곳에서부터 수십, 수백 미터의 깊은 곳에서도 생식하며, 종류에 따라 바닷물과 민물이 섞인 강어귀의 기수 지역, 물가, 암초, 산호초, 모랫바닥 등의 환경으로 나뉘어 서식한다.

번식 시, 포란낭抱卵囊은 매우 작으며 부화한 개체는 조에아zoea라고 부르는 유생기를 거친 다음에 작은 소라게의 모습으로 변태한다. 육상 생활을 하는 소라게류도 유생 시기는 바다에서 성장한다.

식성은 잡식성으로 해조류, 생물의 유해, 플랑크톤의 사해 같은 유기물 쓰레기detritus를 먹는다. 두흉부를 은신처인 소라 껍데기에서 꺼내어 깃털 모양으로 생긴, 2쌍의 촉각 중에 상대적으로 긴, 더듬이를 움직여 주변의 플랑크톤이나 디트라이터스detritus를 입으로 닦아내며 먹는다.

평소에는 두흉부를 내놓고 다니지만, 위험을 느끼면 재빨리 껍질 속에 들어박혀 커다란 집게발로 입구 부분을 막는다.

소라게가 성장하면 새 껍데기로 옮겨 살아야 하는데, 빈 고둥 껍데기의 입구에 집게발을 대고 내부 크기를 가늠하여 알맞은 껍데기를 선택한다. 껍데기가 몸에 꼭 맞아야 좋고 너무 크면 곤란하므로, 주변에 비어있는 소라 껍데기가 귀할 경우, 크기가 다른 여러 마리의 소라게가 모여서 줄지어 차례를 기다리는 우스꽝스러운 모습도 보인다.

어떤 소라게가 자기 것보다 훨씬 큰 껍데기 옆에서 그 크기에 맞는 소라게가 오기를 기다리면, 그보다 작은 녀석들이 몰려와 크기대로 줄을 서서, 앞에 있는 소라게가 껍데기를 바꿔서 빈 껍데기가 나올 때까지 자기 순서를 기다린다.

우리는 이런 소라게의 모습을 보면서 월셋집, 전셋집, 자기 소유 주택으로 점차 생활공간을 키워나가는 인간의 주거 생활과 비교하기도 한다.

나는 신혼 시절을 경기도 오산 읍에 있는 단칸 월세방에서 시작했다.
천 리나 먼 고향 진주시에서 결혼식을 올리고, 이불 보따리와 수저 두 벌 및 간단한 식기만 챙겨서 밤중에 서울로 화물 싣고 가는 8톤 트럭의 운전석 뒷줄 좌석에 쪼그려 앉은 채 타고 왔다. 결혼 휴가 4박 5일 동안 결혼식 후 부산 태종대 신혼여행 1박 2일, 합천 처가에서 1박 2일을 보내다 보니 5일째 되는 날 밤에 올라오게 된 것이다.
그렇게 맞벌이로 시작해서 세월이 지나면서 전세방, 전셋집을 거쳐 단독 아파트인 내 집을 마련해 살게 되었다.
소라게가 껍데기를 키워나가는 과정과 너무도 흡사했다.

또한, 사람은 소라게처럼 자신의 수준과 지위에 합당한 생활을 해야 한다는, 올바른 처세에 대한 따끔한 교훈을 얻기도 한다.
소라게가 너무 큰 껍데기를 뒤집어쓰고 낑낑대는 모습을 보면, 자기 분수를 모르고 지나친 허욕에 빠져 사는 덜떨어진 사람을 떠올리며 비웃게 된다. 24평 아파트면 충분할 사람이 괜히 대출받아서 32평 아파트에 입주하며 허세를 부리다가 돈에 쪼들려 헉헉대는 모습을 가끔 보게 되니 하는 말이다.

직장에서의 승진도 지나치게 욕심내지 말고, 자기의 적성과 능력에 맞는 자리에 있으면서 편히 지내는 것이 무난하다. 뒷배경이나 비열한 처세술에 의해 고속 승진을 했다가, 주어진 업무가 감당이 안 되어 일찍 자리에서 물러나는 경우도 종종 보기 때문이다.

그러나 세월이 지나면 소라게처럼 자연히 높은 자리에 앉기 마련이라는 사실을 미리 깨닫고, 평소 자기계발에 부단한 노력을 기울여서, 어느 날 승진되어 주어질 직책을 제대로 수행할 수 있도록 일찍이 대비해야 할 것이다.

야행성인 소라게의 천적은 묘하게도 척추 없는 연체동물이면서 딱딱한 갑각류와 조개를 먹이로 삼는 같은 야행성 동물 문어이다.

그래서 소라게 중 대부분은 자포刺胞동물인 말미잘과 공생을 한다. 소라게는 바닷가 바위에 붙어사는 말미잘을 집게다리로 떼어내 자기 소라 껍데기에 옮겨 붙인다. 말미잘은 소라게 덕분에 어디든 갈 수 있고, 소라게가 먹다 남은 찌꺼기도 얻어먹을 수 있다.

문어가 덮치면 소라게는 얼른 집 안으로 숨고, 말미잘은 독이 있는 촉수를 끄집어내 문어를 찌른다. 덩치 큰 문어도 말미잘의 독침은 참을 수 없어 소라게를 움켜잡았던 다리를 풀고 달아난다.

소라게는 껍데기를 바꾸면 옛 껍데기에 있던 말미잘을 새 껍데기에 옮겨 놓는다. 두 마리씩이나 붙이고 다니기도 하지만, 말미잘이 마음에 안 들면 매몰차게 뜯어내 버리고 다른 말미잘로 교체한다.

사회적 동물인 사람도 홀로 잘난 채 독불장군식으로 살아갈 수는 없다. 지연과 학연으로 맺은 친구는 물론이고, 동호회나 친목회 등에 가입하여 상부상조할 우군友軍을 많이 형성하는 것이 바람직하다.

말미잘 같은 수호천사 두셋만 있어도 이 각박한 사회에서 힘들이지 않게 살아갈 수 있으련만.

육지 소라게는 애완용으로도 널리 사육되고 있다. 주로 판매되는 종은 인도소라게, 딸기소라게, 피피소라게, 캐비소라게, 푸르푸르소라게 등이다.

소라게를 키우고 싶으면 청계천 애완동물 거리에 가서 구할 수 있고, 인터넷에서 소라게 닷컴sorage.com을 쳐도 되며, 이마트나 학교 근처 문방구에서도 살 수 있다.

자라는 어린이나 청소년들이 소라게를 관찰하면서 집 갈이, 천적, 공생 등 여러 자연생태를 배웠으면 좋겠다. 이를 통해 훗날 바다같이 넓은 세상에서 독립적으로 꿋꿋이 살아갈, 큰 삶의 지혜를 깨우쳤으면 하는 작은 염원을 가져 본다.

『한국예인문학』 2021년 봄호(제12호)

소 방귀와 하품

2021년은 흰 소의 해인 신축辛丑년으로 60개의 간지干支 중 38번째이며 소의 이미지는 온순과 우직, 성실함이다. 우리의 농경문화에서 소를 중요하게 여겨, 전국의 마을이나 섬, 산 등의 공식 지명 중에 우면동처럼 소와 관련된 이름이 총 731개나 된다.

수명이 25년 정도인 소는 인류가 신석기 시대인 BC 7,000년~6,000년 경부터 사육했으며, 우리나라에는 2,000년 전쯤에 들어온 것으로 추정된다.

힘이 센 소는 농사를 짓거나 짐을 운반하는 데 쓰였고 유제품과 고기, 가죽, 뿔, 힘줄, 뼈 등을 얻을 수 있어 널리 길렀다. 배설물도 비료나 땔감, 건축재료로 썼고, 투우나 로데오 등 스포츠 종목에도 이용한 소는 인류의 오랜 동반자이다.

미국이나 호주처럼 땅덩이가 넓은 나라는 소를 풀어놓는 방목형으로 키운다. 국토가 좁은 우리나라는 축사에 가둬 키우는데, 보통 8m×4m인 우사牛舍 한 칸에 세 마리를 넣는다.

외국의 소는 넓은 들판을 자유롭게 돌아다니며 싱싱한 풀을 맘대로 뜯어 먹지만, 우리나라의 소는 좁은 외양간에 갇혀서 시간 맞춰 넣어주는 곡물 배합사료나 볏짚을 먹고 자란다.

그래도 예전 시골 농가에서는 한두 마리씩 키우던 소에게 봄부터 가을까지 '꼴'이라 부르던 풀을 베어다 주었고, 겨울에는 잘게 썬 짚에 콩을 섞어 푹 삶아 쇠죽을 쒀서 먹일 만큼 귀한 대접을 받았다.

그러나 지금처럼 한우를 100여 마리 이상 기르는 축산 농가에서는, 먹이를 주는 시간 때문에, 목초 대신 배합사료를 먹인다고 한다. 소 100마리에게 목초를 먹이려면 2시간이 걸리고 하루 세 번 줘야 하는데, 배합사료는 15분이면 먹일 수 있고 하루에 두 번만 주면 된다. 배합사료는 작고 단단하게 뭉친 펠릿 형태라 먹기 쉽지만, 목초는 씹어서 소화하는 데 시간이 오래 걸리기 때문이다.

소화가 힘든 섬유소가 많이 들어 있는 풀을 먹는 소는 한번 삼킨 먹이를 다시 게워내어 씹는, 즉 되새김질하는 반추反芻 동물이다.

소의 위는 네 개로 이뤄져 있는데, 뜯어먹은 풀을 일단 첫 번째 위인 혹위(양)에 저장했다가 나중에 두 번째 벌집위를 통해 입으로 가져와 잘게 분쇄하고 온도를 올려 소화 효소인 침과 함께 섞어서 다시 삼킨다. 이때 생긴 즙은 세 번째 겹주름위(천엽)와 네 번째 주름위(막창)로 바로 넘기고, 고체 덩어리는 첫 번째 혹위에 다시 저장해서 미생물이 목초의 섬유질을 분해할 시간을 충분히 준다.

소는 사료를 먹은 후 30~40분부터 되새김질을 시작하는데, 40~50분간 6~8회 계속되고 50~60kg을 되새김한다. 그러다 보니 미생물이 성장하고 발효하는 과정에서 메탄methane 생성 세균이 메탄가스를 발생하게 마련이다.

이 메탄가스는 소가 방귀를 뀔 때도 나오지만, 95%는 숨을 쉬거나 트림할 때 코를 통해 나온다고 한다. 그래서 지구의 온난화에 대단히 큰 영향을 미치고 있다는 놀라운 사실이 밝혀져 있다.

지구에 도달한 태양의 복사에너지는 지표면에 흡수되어 열에너지로 바뀌는데, 매우 많은 양의 복사에너지가 대기와 지표면에서 반사되어 우주로 빠져나간다. 그런데 인구의 증가와 공업의 발달로 인하여 석탄·석유 등 화석연료의 사용이 늘어나서 대기 중에 이산화탄소 같은 기체가 많이 축적되었다.

그 결과 우주로 방출되던 복사에너지가 대기권의 축적된 기체에 흡수되어 빠져나가지 못하고 머물게 됨으로써 지구 표면의 온도가 점차 상승하는데, 이러한 현상이 '온실효과'이다.

이처럼 온실의 유리와 같은 기능을 하여 온실효과를 일으키는 기체가 '온실가스Greenhouse Gases'이고, 그중 비중이 큰 6대 온실기체는 이산화탄소, 메탄가스, 아산화질소, 수소불화탄소, 과불화탄소, 육불화황 등이다.

배출량은 이산화탄소가 77%로 1위이며 메탄가스가 14%로 2위, 아산화질소는 8%로 3위를 차지하는데, 나머지 세 가지 기체는 합계가 1%로 극히 미미하다.

"인류가 대응하지 못하면 2100년에는 지난해 코로나로 숨진 사람의

5배가 기후 재앙으로 목숨을 잃을 것이다."

2020년에 코로나로 전 세계 인구 10만 명당 14명이 사망했는데, 80년 후에는 10만 명당 75명이 기후변화에 따르는 자연 재난과 기근 등으로 숨질 것이라는 전망이다.

이 말은 마이크로소프트 최고경영자였던 빌 게이츠가 2021년에 쓴 '기후 재앙을 피하는 법'이라는 책에 나온다. 그는 아내 멀린다와 함께 '빌 앤드 멀린다 게이츠 재단'을 만들어 지난 10년간 기후변화 대응 등의 자선 활동에 몰두하고 있다.

빌 게이츠는 지구 평균 기온이 2도 오르면 척추동물 서식 범위는 8%, 식물 자생 범위는 16%, 곤충 서식 범위는 18% 줄어들며, 남유럽 밀·옥수수 생산량은 반 토막 나고, 해수 온도 상승으로 산호초도 완전히 사라질 수 있다고 역설한다.

이러한 지구 온난화에 따른 피해를 막기 위해 유엔에서 국가 간 '기후변화협약'을 세정했고, 이행을 위해 1997년에 '교토 의정서'를 체결했으며, 온실가스의 효율적인 감축을 위한 '탄소 배출권 거래제'가 도입되었다.

정부가 온실가스 배출권 총량을 설정하여 개별 기업들에 할당하고, 할당 범위 내에서 배출을 허용하며, 여분 또는 부족분에 대해 타 기업과의 거래를 허용하는 제도다.

또한, 2016년에 121개 국가가 참여한 '파리협정'에서 세계 각국이 2050년까지 이산화탄소 저감 목표를 달성하자는 '탄소 중립'을 선언했다. '탄소 중립'은 이산화탄소 배출량만큼 이를 흡수해, 초과 배출량을 '0_{zero}'으로 만들자는 것이다.

우리나라도 2020년에 탄소 중립을 선언했는데, 우리나라 온실가스 배출량의 87%는 전기의 발전發電 과정에서 나온다. 발전원별 이산화탄소 배출계수를 보면 석탄이 1킬로와트(kW)당 991g, 석유가 782g, LNG가 549g, 원자력이 10g이고 마지막이 신재생에너지다.

소의 하품과 방귀로 배출되는 메탄가스가 설마 지구 온난화에 영향을 미치겠나 싶겠지만, 유엔 식량농업기구FAO의 2019년 통계에 따르면 전 세계의 소가 15억7천 마리나 되므로 한 번쯤 살펴볼 필요가 있다. 전 세계 메탄가스 생산량의 25%는 소 사육에서 발생한다.

온실기체가 온난화에 미치는 영향을 지수로 나타낸 것을 '지구온난화지수'라고 하는데, 이산화탄소를 기준인 1로 삼은 지수가 높을수록 온난화에 미치는 영향이 크다.

메탄가스는 지구온난화지수가 21이나 되기 때문에, 발생량은 이산화탄소의 6분의 1로 적지만 지구 온난화에 끼치는 영향은 결코 무시할 수 없다. 전 세계의 소들이 매년 배출하는 메탄가스는 약 1.3억 톤에 달하는데, 여기에 21을 곱하면, 이산화탄소 27.3억 톤과 같은 온난화 효과를 일으킨다는 말이다.

전문가들의 조사에 의하면 소 한 마리가 하루에 배출하는 평균 230g의 메탄을 이산화탄소로 환산하면 4,830g이 되므로, 1km를 달릴 때 이산화탄소 100g을 배출하는 자동차가 하루 48km를 주행하며 만든 이산화탄소량과 맞먹는다.

뉴질랜드는 2003년에 가축 머릿수에 '방귀세'를 매기려다가 축산 농민의 반대로 백지화되었다. 그래서 소에게 특수한 사료를 먹여 메탄 배출량을 줄이는 연구가 진행되고 있다. 호주 멜버른대 연구팀은 소의 사료에 해초의 일종인 '바다고리풀' 추출물을 섞어 먹여 메탄가스 배출량을 80%나 줄였다고 한다.

빌 게이츠 부부는 햄버거에 넣는 쇠고기 패티 대신 콩으로 만든 인공육을 먹는다. 일본 도쿄대 연구진은 올해 3월 국제학술지 '식품 과학'에 소고기의 질감을 그대로 모방한 근육조직을 배양했다고 밝혔다. 이 작은 고깃덩어리는 소의 근육세포를 실험실에서 배양해 만들었다.

소에게 마스크를 씌우는 방안도 연구되고 있다. 태양전지로 작동하는데, 한번 씌우면 5년 동안 사용할 수 있다고 한다.

소 한 마리의 배설물은 사람 16명의 몫에 해당하고, 우유 1L를 생산하는 데 물 1,000L가 필요하며, 쇠고기 1kg이 생산되려면 물 15,500L가 들어간다.

물이 있어 푸르고 아름다운 이 지구의 온난화 방지를 위해서 신축년 새해를 맞아 즐겨 먹는 쇠고기 섭취량이라도 좀 줄여야겠다 싶다.

『문학의 봄』 2021년 여름

웅녀의 기도

'코로나 19' 백신 예방접종 시행 100일째다.

접종률이 14%고 치사율도 60%나 급감했으며, 60세 이상 접종 예약률이 80%를 넘어섰다고 한다. 이대로 간다면 9월 하순 추석에는 온 가족이 오랜만에 둘러앉아 즐거운 한가위를 맞을 것 같단다.

'백일기도'처럼, 석 달도 아니고, 열흘 더 많은 '백일'에 의미가 부여되는 건 무슨 까닭일까?

나는 40대 중반에 사업에 실패하여 살던 집을 날린 적이 있다.

대기업 연구소에서 통신장비를 개발하다 나와 개인 사업체를 차렸는데, 자금 사정이 어려워지자 집을 가등기 해주고 사채를 빌려 썼다. 그런데 제때 갚지 못하자 소송을 당했고, 재판에 진 어느 날, 아침 식전에 집달관이 들이닥쳐 가재도구를 모두 복도로 들어냈다.

아버님과 아내, 두 아들은 친척과 지인의 집으로 뿔뿔이 흩어졌고, 나는 마땅히 갈 곳이 없어 회사 사무실에서 숙식하며 지냈다. 직원들이 퇴근하면 잔업 하는 척 남아서 냄비 밥을 지어 먹고, 양말 빨아 난롯가에 말리며, 2월 초순의 추위에 의자 네 개를 연결하여 그 위에서 잠을 자야 했다.

취침 전까지 서너 시간을 그냥 보낼 수 없어 시름을 잊을 겸 '양방향 증폭기'라는 새로운 제품 개발에 몰두했다.

가족들과 헤어져 돈에 쪼들리며 그렇게 한 석 달 지내다 보니, 잘 나가던 지난 시절이 생각나며, 이렇게 살아서 뭐 하나 싶은 별의별 유혹이 다 들었다. 그러나 죄도 없이 고생하는 가족들 생각에 이를 악물고 버티며 개발에 몰두했다. 그리고 얼마 후에 여유가 생겨 닭장 같은 단칸 월세방을 얻어 들어갔는데, 방바닥에 누워 헤아려보니 등 대고 누운 지 꼭 100일 만이었다.

그때 연구 개발했던 '동일 주파수 동시 양방향 증폭기'를 특허 출원하여 유효기간 15년짜리 발명 특허를 등록했다. 그 후 그 제품으로 10년 넘게 작은 제조업체를 운영하며 수십 명을 먹여 살렸다.

회사 사무실에서 먹고 자며 올린 '백일기도'가 좋은 결과를 가져온 셈이다.

그 후로 나는 욕심을 버리고 몸과 마음을 다 바친 진실한 기도는 현실적으로 효험이 있다고 믿게 되었다. 그래서 어쩌다 심한 어려움을 겪는 사람들에게 절에 가든 교회서든, 아니면 집에서라도 한번, 마음을 다한 기도를 올려보라고 권하고 싶다.

동굴 속에 함께 살던 범과 곰이 인간이 되길 기원하자 환웅이 신령스러운 쑥 한 다발과 마늘 20개를 주며 "너희는 이것을 먹되 햇빛을 100일 동안 보지 않으면 사람의 형상이 되리라" 하였다.

범과 곰은 그것을 먹고 금기하였는데, 범은 못 지켰지만 곰은 잘 지켜 삼칠일(21일) 만에 여자가 되었다는 단군 설화가 있다.

사람이 제아무리 강한 척해도 만만치 않은 세상살이가 결코 인간의 뜻대로 순조롭게 돌아가지만은 않는다. 전혀 예상치 못한 일이 급작스레 발생해 한순간에 나락으로 떨어져서 회생 불가능한 처지에 놓이기도 한다.

나약한 인간이 그런 헤어날 수 없는 절박한 상황에 부닥쳤을 때, 인간보다 능력이 뛰어나다고 생각되는 어떤 절대자에게 간절히 소원을 빌면 분명히 그 소원이 이루어질 것이다.

홀연히 나타난 전염병으로 전 세계적인 팬데믹을 겪었지만, 인류는 좌절하지 않고 의기투합하여 드디어 그 질병을 격퇴할 목전에 다다랐다.

'코로나 19'의 극복을 위해 미련한 웅녀의 기도가 필요했던 시기였는지도 모르겠다.

그러나 이 새로운 역병은 벌써 여러 가지 변이를 일으켜 더 무서운 기세로 전파되고 있다. 잘 다스려진다 해도 완전히 퇴치되지는 않고, 독감처럼 우리 주변에 상존하며, 언제든 고개를 쳐들고 덤벼들어 범유행을 일으킬지도 모른다.

그렇더라도 배려와 공감의 지성을 지닌 우리 인간은 미련한 곰처럼, 관계부처의 지시를 잘 따르며 규정을 준수하여, 힘든 시기의 어떤 역경도 참아내고 어두운 터널이 속히 끝나기를 기도하며 기다려야 할 것이다.

『문학의 봄』 2021년 가을호

땅속 워킹 다이어트

"어? 언제 이리 나왔지?"

사회생활에 바쁜 남자가 환갑이 가까워지면 체중이 조금씩 늘다가 갑자기 배가 불룩 나오게 된다. 원래 몸집이 있는 사람은 덜하겠지만, 팔다리가 여윈 사람이 배가 나오면 영 볼품없는 몸매에 신경이 쓰여 안 하던 운동을 생각하기 마련이다.

금전적으로나 시간적인 여유가 있는 남성이라면 지인들과 골프장을 돌면서 삶의 희열을 느끼며 건강관리도 하겠지만, 종일 책상머리에 앉아 있어야 하는 사람은 부풀어 오른 배를 내려다보고, 깊은 한숨만 짓게 된다.

국가에서 정책적으로 추진하는 신도시 개발 구역의 땅 밑에는 '지하 공동구'라는 시설이 있다. 도시의 미관, 도로 구조의 보전과 원활한 차량 소통을 위하여 구축한 터널이다.

전력선은 지상의 전봇대 대신 지하 공동구의 '전력구'를 지나 중간중간 분기점에서 지상으로 올라와 건물에 연결된다. 전화, 인터넷 등 각종 통신케이블도 지하 공동구의 '통신구'를 통해 필요 지점까지 전달된다.

그 외 수돗물을 공급하는 '상수구'와 중앙집중식 난방장치의 스팀을 공급하는 '에너지구'도 지하 공동구에 설치되어 있다.

이러한 전력구, 통신구, 상수구, 에너지구 등은 중요한 국가 기간시설이다. 그 지하 공동구 설치와 유지관리를 각 지역의 '시설관리공단'에서 전담하여 수행한다.

그렇게 중요한 시설이다 보니, 지하 공동구 관리사무소의 방재실에 인원이 24시간 교대로 배치되어 근무한다. 그들은 터널 내부의 주요 위치를 비추는 비디오 화면과 관련 장비의 모니터를 감시하고 언제 발생할지 모를 사태에 대비한다.

통상 각 공동구의 길이가 수 킬로미터가 넘는데, 점검을 위해 들어가는 인원은 방재실 인원과 무전기로 통화해야 한다. 그런데 지하에서는 전파의 감쇠가 심하므로 터널 내부로 수십 미터만 들어가도 무전기 교신이 되지 않는다.

그래서 지하 공동구 내부에 별도의 무전기 중계설비를 설치하여 공동구 터널 끝 지점에서도 방재실과 통화할 수 있게 해야 한다.

나는 영세기업체를 운영하면서 바로 그 무전기 중계설비를 제조하고 설치공사까지 하고 있었다.

내가 특허등록을 획득한 '동일 주파수 동시 양방향 증폭기'는 동축케이블의 손실을 보상하고, 지하 공동구의 일정 거리마다 손가락 크기의 안테나를 설치하여, 지하와 지상의 무전기 교신을 양방향으로 동시에 중계하는 장비이다.

모 신도시의 지하 공동구 건축공사가 진행 중일 때 있었던 일이다.

지하 터널이 완공된 뒤에 중계설비를 설치하는 게 원칙이지만, 지하터널 공사 중에도 방재실과 지하 구간의 무전기 통화가 되면 무척 편리하므로, 시설관리공단에서 중계설비의 설치를 앞당겨 요구했다.

그런데 설치공사가 끝난 며칠 후 아침 일찍, 공동구 관리사무소로부터 지하 무전이 안된다는 연락이 왔다. 직원 두 명을 급히 파견했는데, 종일 연락이 없어 초조하게 기다렸다. 땅속 공동구에 들어가 있는 동안에는 핸드폰이 되질 않는다.

해 질 녘이 되어서야 선임자로부터 보고 전화가 왔다.

"큰 터널 변경 공사가 있어서 누가 우리 케이블을 몇 군데 잘라놨습니다. 다시 연결했는데, 발진이 생기고 통화가 안 됩니다. 어느 구간의 어떤 증폭기 문제인지 찾아내기가 어렵습니다."

"그래? 통화가 며칠이라도 안 되면 난리를 칠 텐데 어떡하지? 스펙트럼 애널라이저 파형을 보고도 판단이 어렵나?"

"예. 아무래도 사장님께서 직접 오셔서 보셔야 하겠습니다."

"그래, 알았다. 내일 아침에 거기서 만나자."

이렇게 해서 중계설비를 개발한 엔지니어인 나도 직접 지하 공동구 현장에 나가게 되었다.

명색이 사장이긴 해도 작은 영세업체이고, 중계설비를 설치할 초기에 현장에 나가서 관리사무소 직원들과 인사도 나눴고 며칠간은 터널 전 구간을 둘러봤던 터라, 거기에 가면 우리 직원 한 명 추가나 마찬가지일 뿐이다.

셋이서 무거운 계측기와 짐 가방을 나눠 들고, 지하수가 흘러내리고 퀴퀴한 냄새가 나는 수 킬로미터 길이의 터널 내부를, 여기저기 걸어다니며 어느 공동구 구간에 문제가 있는지 살폈다.

의심나는 선로증폭기가 있으면, 높은 케이블 트레이(선반) 위에 올라가 동축케이블 커넥터를 끌러 계측기에 물려서 확인시험을 했다. 오전 작업 4시간, 점심에 식사 겸 휴식 한 시간, 다시 오후 작업 4시간. 중간에 화장실 가는 시간 빼고는 쉬지 않고 계속하는 강행군이었다.

사흘 만에 겨우 문제를 해결하고 피곤한 몸으로 집에 왔더니, 아내가 놀란 표정을 지으며 말한다.

"어머, 당신 배가 쑥 들어갔는데요?"

체중을 달아봤더니 무려 3kg이나 빠졌다.

스크린 골프장에라도 가서 불어난 뱃살을 빼볼까 했는데, 그보다는 오히려 공사 일정이 빡빡한 현장에 나가서 직원들의 무거운 짐이라도 들고 따라다니는 편이 훨씬 낫겠다 싶어 피식 웃었다.

지하 공동구에서 일하면 좋은 점도 있다. 여름엔 시원하고 겨울에는 따뜻하다.

예전에 영세기업 운영하던 시절의 에피소드

천장(天障) 천공(穿孔)

"드르륵, 드르륵."

전동 드릴의 예리한 비트$_{bit}$가 딱딱한 콘크리트 천장을 파고든다.

시멘트 가루가 회색 눈송이가 되어 머리 위로 마구 쏟아져 내리고, 보안경 위에 쌓이는 가루가 시야를 흐리게 만든다.

천장에 수직으로 8파이 곱 60L, 지름 8mm 깊이 60mm의 구멍을 뚫는 천공작업을 하는 중이다.

묵직한 드릴을 양손으로 기관단총처럼 잡고, 수직으로 세워 서서히 위로 밀어 올리면, 양쪽 어깨에 힘이 잔뜩 들어가며 긴장하게 된다. 만약 콘크리트 속에 돌멩이라도 박혀있다면, 아무리 강한 강철 비트라도 쨍 소리 내며 부러져 튕겨 나올 수도 있기 때문이다.

천공작업이 끝나면 뚫어 만든 구멍 속에 손가락 크기의 앵커볼트$_{anchor\ bolt}$를 집어넣고 망치로 세게 때려 박는다. 그러면 구멍 속 볼트 끝의 원뿔형 웨지$_{wedge}$에 힘이 가해져 볼트를 둘러싼 슬리브$_{sleeve}$가 밀어 올려지면서 시멘트 속으로 파고들어 꽉 밀착되므로 밖으로 빠져나오지 않게 된다.

등산할 때 바위에 박는 앵커볼트 작업도 이와 비슷하다.

구멍 밖으로 삐져나온 앵커볼트 나사에 주물로 만든 집게 모양의 클램프$_{clamp}$를 끼우고 너트$_{nut}$로 체결한다. 이 클램프 안쪽 옴폭한 홈에 동축케이블을 집어넣고 팽팽히 잡아당겨 작은 볼트와 너트로 꽉 조여서 고착시킨다.

외경이 12mm인 통신용 동축케이블을 건물 내장재 마감 전에 천장에 붙들어 매어 포설하는 것이 이 천공작업의 목적이다.

신축 중인 건물의 내부라서 냉방시설이 있을 수 없고, 건물의 내부로 들어가면 그늘은 져도 바람이 드나들지 않아, 한여름엔 무척 덥다.

안전화를 신고 소매가 긴 작업복을 입은 채 머리에 헬멧 같은 안전모를 뒤집어썼으니, 간간이 설치된 선풍기 없이는 가만히 서 있기만 해도 땀이 줄줄 흐를 지경이다.

3명이 동원되어 바퀴 달린 소형 사다리차인 테이블 리프트$_{Lift}$를 운전해 건축도면의 '케이블 포설도'를 따라 움직이며, 케이블이 50m나 감긴 큰 롤$_{roll}$도 함께 굴리고 간다. 거의 3m 간격으로 지정된 클램프 위치에 이르면, 테이블 리프트를 안전하게 고정하고 높이 3~5m의 천장에 오르내리면서 천공작업에 이어 케이블 포설$_{鋪設}$ 작업을 하게 된다.

작업 시작 전과 후에 원청업체의 현장사무소에 작업일지를 제출하고, 점심시간 1시간 외에 오전과 오후 중간쯤에 빵과 우유 같은 간식을 먹으며 잠시 휴식을 취한다.

하루 일당과 중식비, 리프트의 임대료와 기타 경비 등을 고려하면, 3명이 하루에 케이블 포설 50m 이상은 수행해야 한다. 만약 그러지 못하게 되면 사장인 나라도 나서서 도와야 적자를 메울 수 있다.

수십 명의 직원을 두고 무전기중계 장비를 제조하는 영세업체를 운영하면서, 신축건물에 장비를 납품 설치할 때, 케이블 포설도 직접 하고 있다. 포설만 전문으로 하는 팀에게 외주를 줄 수도 있지만, 그들에게 주는 이윤만큼 우리 회사의 이익이 줄어들어 어쩔 수 없다.

회사 운영은 힘들지만, 젊은이들에게 기술을 가르치면서 억지로라도 유지해 나가는 보람은 있다.

케이블 포설이 끝나면 건물 준공 직전에 무전기로 통화하며 중계 장비의 작동 확인시험을 받는데, 문제없이 통과되어 합격 사인을 받고 기성청구서를 올릴 때, 그동안의 모든 피로와 고달픔이 빗물에 씻기듯 한순간에 사라지고 새로운 의욕이 샘솟아 오른다.

포설팀 1개 조 3명 중 조장은 대학을 나온 정규직원이고, 나머지 두 명은 군대를 다녀와 복학한 대학생들인데 여름방학 중에 알바를 하고 있다.

"힘들지? 일은 할 만해?"

"예, 딱 좋은데요. 살 빼러 헬스장 안 가도 되고요. 하하."

목에 두른 타월이 땀에 흠뻑 젖었으면서도 웃는 얼굴로 대답하는 이들이 무척 대견스럽게 여겨진다.

공부 잘하고 똑똑한 학생들이라 그럴 리는 없겠지만, 졸업 후에 취직이 안 되어 제발 나한테 연락이라도 좀 왔으면 싶다.

예전에 영세업체 운영하던 시절의 에피소드

기타리스트

가끔 티브이에 통기타가 나오면 반가워서 눈여겨보게 된다.

70년대 초에 대학을 다닌 세대라서, 손가락으로 코드를 짚고 퉁기며 "사랑해 당신을 정말로 사랑해…" 같은 노래를 부르던 추억이 되살아나기 때문이다.

그러다 문득 함께 떠오르는 어떤 기억은 늘 쓴웃음을 짓고 도리질하게 만든다.

내 큰아들과 관련된 고3 때의 가슴 아픈 사연이다.

장남이 고등학교에 진학해 가져온 첫 성적표 등위가 학급 1위였다.

중학교까지는 몰라도 고등학교부터는 상위권이 쉽지 않을 거로 생각했기 때문에 기분이 무척 좋았다. 그래서 특별 선물로 꽤 비싼 통기타를 하나 사나 줬다.

내가 고등학생 때 그렇게 갖고 싶었는데, 대학에 가서야 겨우 가졌기 때문에 아들에게 큰 선심을 쓴 거다. 열심히 공부하다 피곤하면 기타라도 치면서 머리를 좀 식히라는 뜻이었다.

그 무렵 나는 대기업에 다니다 나와 내 사업체를 꾸린 지 4년쯤 되어, 회사 일로 무척 바빴고 매일 퇴근이 늦었다. 초등학교 교장 출신인 아버님이 집에 계시는 데다 아내가 보건 교사라, 두 아들의 교육 문제에는 자연히 소홀하게 되었다.

그렇게 바쁜 세월이 훌쩍 지나 장남이 고3이 되어 대학 진학을 바라보게 되었다. 가끔 확인해 본 아들의 성적은 점점 떨어지더니 중위권을 맴돌았다.

그러던 어느 날, 모처럼 일찍 귀가했더니 아들이 머뭇거리며 진로에 관해 의논할 일이 있다고 했다. 한창 자라는 나이에 너무 오랫동안 대화 나눌 기회가 없었던 터라, 막상 다 큰 녀석과 마주 앉으니 다소 서먹한 느낌마저 들었다.

"응, 그래. 무슨 일이냐? 학과 선택?"

"저… 대학 진학 대신, 다른 길을 갔으면 해서요."

깜짝 놀란 나는 잠시 흥분된 가슴을 쓸어내리고 아들에게 자세히 설명하라고 일렀다.

들어본 내용인즉, 수원 시내에 '팬 코리아'라는 나이트클럽이 있는데, 아는 선배 기타리스트가 군에 입대하게 되어, 내 아들에게 대신 들어오라는 제안이 왔다는 것이다.

연주 무대와 춤추는 플로어도 있고 객석이 수백 석에 이르는 꽤 큰 무도장인 것 같았다. 그런 곳에서 요청이 있었다니 내 아들 기타 실력이 보통이 아니구나 싶어 기분은 좋았다.

그러나 가당키나 한 말인가? 내 장남이 나이트클럽 기타 연주자라니!

잠시 뜸을 들이며 생각을 가다듬고 호흡을 조절한 나는 차분하게, 타일렀다.

"기타 실력은 좋은가 보구나. 근데, 너도 두어 해 있으면 군에 가야 하는데, 제대하고 오면 그 자리가 비어있겠나? 깊이 생각해보고 다시 얘기하자."

나는 상담을 일방적으로 끝냈다.

그리고 두어 해 만에 아들 방에 들어가 봤다. 벽에 온통 히피 같은 헤비메탈 그룹의 포스터 사진이 붙어 있고, 책꽂이에도 무슨 코드집 등 기타 관련 서적만 잔뜩 꽂혀있는 게 아닌가. 한심한 녀석, 머리 식히라고 기타 사줬더니 기타리스트 되라는 줄 알았나?

그 후로 아들은 두 번 다시 그 얘기를 꺼내지는 않았다.

그리고 수능시험을 치르기 며칠 전, 지원 학과에 대해 조언하려고 일찍 귀가했나.

"학교는 좀 후진 데 가더라도, 학과는 전자과를 지원해야겠지? 커트라인 점수가 높을 텐데, 수능점수 잘 따도록 해라."

나는 장남이 응당 나하고 같은 전공을 선택하기 바랐다. 그래야 나중에 서로 도움을 줄 수 있을 테니까.

"예? 저… 저는 문과라서 공대는 지원이 안 되는데요."

"뭐라고? 그게 무슨 소리야!"

나는 기절초풍해서 어안이 벙벙한 눈으로 아들을 멍하니 바라봤다.

알고 보니, 내가 회사 일이 바빠 애들 교육에 무관심한 사이에, 공과 대학 출신인 내게 실망한 제 어미가 상과대학에 보내기로 하고, 아예 학년 초에 문과로 지망시켜버린 것이었다.

화는 났지만, 그즈음 내가 차린 개인회사가 어려움을 겪으며 아내의 마음고생이 컸던 터라, 크게 야단칠 수도 없어, 허허로운 가슴을 안고 그냥 넘어갈 수밖에 없었다.

수능점수는 기대 이하를 받았고, 아들은 재수 대신 내 뜻을 따라, 먼 데 있는 야간 대학교 상대 무역과에 입학했다. 하숙비와 겨우 지낼 잡비만 보내줬는데, 장남은 나와의 약속을 잘 지켜, 다음 해 집에서 통학할 거리의 주간 대학교 무역과 2학년에 편입했다.

지금은 결혼하여 마흔 중반이고 딸이 벌써 중학생이 됐으며, 지명도 높은 중견 기업체의 비서실에서 팀장으로 잘 근무하고 있다. 그래서 항상 바쁘게 사느라 한 달에 한 번 가족 모임 때나 얼굴을 본다.

세 살 아래 둘째는 당연히 전자과를 나왔고, 대기업체의 부장급 연구원으로 결혼 5년 차 맞벌이 부부다.

그런데 한 달쯤 전에 내 컴퓨터가 갑자기 고장이 났다.

몇 년 전에 고장 나서 '컴퓨터 119'에 의뢰해 저장된 데이터를 복원했는데, 수리 비용이 54만 원이나 들었다. 수리 뒤에도 몇 번 이상하다가 며칠 지나면 괜찮아진 적이 있어 한 달을 기다렸는데, 결국 복귀가 안 됐다.

할 수 없이 수리 의뢰하려고 아내에게 털어놨더니, 장남에게 슬쩍 연락했는지 내게 전화가 왔다. 그리고 퇴근 후에 두 시간 거리를 달려와서 한 시간 넘게 컴퓨터를 점검하더니, 계속 사나흘 왔다 갔다 하면서 수리했다. 모니터를 신품으로 대체하고, 키보드와 마우스는 선이 없는 무선 모델로 바꿨다.

며칠 후 추석날에는 새로 사서 조립한 컴퓨터 본체도 들고 와, 함께 놀지도 못하고 힘들여 교체했다. 공대 출신 차남은 "컴퓨터는 형아가 나보다 더 잘 고쳐요"라며 구경만 하고 웃었다.

장남이 야간대학 1학년 다닐 때 미팅은커녕, 하교하는 주간 학생들 눈치 보며 등교했던 심정이 어땠을지, 지금도 짠하다.

기특한 장남을 지켜보던 내 마음이 착잡하면서도 흐뭇하여, 아내에게 수리비 50만 원 주라고 명했다.

너석, 가끔 기타는 치는지 모르겠다.

생존이 실감 나는 날
-과똑똑이의 변명

고등학교 동기 동창회 총무로부터 친구 한 명의 본인 상 부고가 문자로 전송되어왔다. 그 친구는 고등학교 때 학생회장을 지낸 리더십 강한 친구였다.

서부 경남의 명문 고등학교였던 우리 학교는 학생회장 선거에 부회장 후보가 러닝메이트로 함께 출마하고, 차점 회장 후보는 대대장이 되는 제도였다.

학교 내에 태권도 유단자가 회원인 약간 불량한 서클이 있었는데, 학업성적이 5위권이고 태권도대회 밴텀급 우승컵도 땄던 한 친구가 나에게 러닝메이트로 나가자고 제안했지만, 모범생이었던 나는 정중히 거절했다.

그 친구는 서울 S대에 떨어지고 재수해서 축산과에 들어갔는데, 지금은 잊힌 인물로 고향에서 조용히 지내고 있다.

그때 세 후보팀이 출마해서 차점자로 대대장을 지낸 친구는 육사에 입학하여 수석 졸업하며 승승장구했다. 그러나 '하나회'에 연루되어 별을 달지 못하고 결국 대령으로 예편하고 말았다. 육사에 간 다른 친구는 합참의장까지 지내고 전역했다.

나하고 한동네에 살았던 그 대대장 친구는 2학년 때 내가 다니던 학교 앞 태권도 도장에 몇 주일 나오다 그만뒀다. 나는 편도 4km나 되는 거리를 자전거로 통학했는데, 그 친구가 도장에 나올 때는 뒤에 태우고 아침 일찍 도장에 다녀오느라 무척 힘들었다.

그 친구가 사회에 나와 직장을 찾을 무렵, 내 친구의 부인이 운영하던 제법 큰 횟집에서 내가 당시 상장회사의 전무로 있으면서 사장으로 모시던, 다른 친구와 함께 만난 적이 있다.

그것을 끝으로 그 대대장 친구는 동창회에서도 볼 수 없었고, 저명한 기업체에서 이사 직책으로 잘 지낸다는 소식만 들었다.

학생회장 친구는 서울 광진구 K대학교 재학 시절에 총학생회장을 지내며 한창이던 유신헌법 반대 데모에도 앞장선 줄로 알고 있다.

이 친구와 나는 중학교 1학년 때 같은 반이었는데, 덩치는 컸지만, 성격은 온순하고 조용해서 반장이던 나와 친하게 지냈다. 그때는 고교 3학년 때 학생회장이 될 줄은 생각도 못 했다.

이 친구는, 민권변호사를 지냈고 나중에 국가권익위원회 부위원장을 지낸 동창 친구가 꼬마 민주당 시절 국회의원에 출마했을 때, 선거 대책본부장을 맡아 열심히 뛰었다. 물론 3등으로 낙선했지만.

그 후에도 이 친구는 K대학교 동문회 일을 보면서 정계 진출을 꿈꿔

온 것으로 아는데, 어찌 된 일인지 기대처럼 그렇게 출세하지는 못했다. 그러면서도 고등학교 동기동창회 모임에는 빠짐없이 나왔고 회장도 한번 맡아봤다.

고교 동기생 420명 중에 동창회 홈페이지에 등록된 회원은 200여 명쯤 된다. 오륙 년 전만 해도 석 달에 한 번씩 열리는 서울 동창회 모임에 40명 넘게 참석했다. 그런데 점점 숫자가 줄어들어 지금은 30명도 채 안 나오는 것 같다. 물론 나도 이제는 못 나가고 있지만.

나는 육군에 입대해서 6개월 만에 의가사 제대했다. 부모 65세 이상인 독자여서 방위병 근무를 해도 됐지만, 군대 생활을 체험해보고 싶어서 그랬다. 지금 생각해보면 나보다 늦게 만기 제대할 선임병들의 심정을 전혀 헤아리지 못한 이기적인 욕심의 소치라 부끄럽기까지 하다.

어쨌거나 나는 남보다 군 복무를 2년쯤 적게 한 덕분에 사회에 일찍 진출했고, 다른 친구들보다 당연히 승진도 빨라 부러움을 사며 출세 가도를 달렸다. 물론 직장생활에 충실했던 결과로 만 27세에 대기업 연구소 과장이 되고, 34세에 부장이 되었다.

그때 핸드폰 개발 책임자로 S전자보다 1년 앞서 국내 최초 출시를 했으니, 엔지니어의 자만심도 대단했다. 핸드폰 크기가 거의 벽돌만 해서 허리에 차고 다니기는 했지만.

그래서 그때는 내가 다른 사람보다 엄청나게 잘난 줄 알고 안하무인에 기고만장의 지경에 이르렀다. 겁도 없이 이사 발령 영순위인 자리를 박차고 나와 39세에 회사를 차렸고, 철저하게 망가지고 말았다.

지금은 집 안에 칩거하며 글이나 쓰는 주제이면서도 옛 친구였던 재수생, 대대장, 학생회장의 근황을 떠올리며 나는 잘살았고, 지금도 잘살고 있다는 억지 자존심을 세우고 자위해본다.

고인이 된 학생회장 친구의 발인 며칠 뒤에 동창회 모임이 예정되어 있다.

친구의 부고를 받은 날, 진정한 삶의 가치는 돈도 권력도 아니라고 생각하는 이 과똑똑이는, 나의 생존에 희열을 느끼며, 친구들에게 뭇매 맞을지도 모를 너절한 변명을 늘어놓고 있다.

『문예감성』 2018년 봄호

전면 주차

내가 30대 중반일 때니까 한 33년쯤 전의 일이다.

수원 시내에 있는 한 신축 아파트에 살았는데, 10층 이상인 고층 아파트가 십여 채 되는, 당시로는 꽤 큰 아파트단지에 속했다.

차량으로 한 시간 거리인 안양까지 회사 버스를 타고 출퇴근하다가, 직책이 부장으로 승진되면서 내 생애 최초의 자가용 차를 사게 되었다. 그때만 해도 아파트에 승용차가 드물어서, 주차장이 지상에만 있어도 항상 널찍하고 여유로웠다.

나는 퇴근길 주차 때는 약간 힘들어도 차를 화단 쪽으로 후진시켜 주차했다. 다음날 출근 때 곧장 앞으로 쉽게 나가기 위해서였다. 애지중지하는 보물 1호다 보니, 5층 내 집에 올라가서도 복도 난간 너머로 한번 내려다보고서야 마음 편히 집 안으로 들어가곤 했다.

그런데 어느 날 주차된 자동차들의 방향을 무심히 보다가 깜짝 놀랐다.

내가 사는 아파트는 24평형인데, 다른 차들이 모두 내 차와는 반대로, 운전석이 화단을 향해 주차되어 있었다. 그냥 머리부터 곧장 들어가서 쉽게 주차한 것이다. 그런데 건너편 32평형 아파트의 차량은, 차도 크고 고급형이면서, 거의 다 나처럼 꽁무니를 화단 쪽으로 주차해 둔 것이 아닌가?

그걸 본 나는, '역시 난 남들과는 뭔가 다르단 말이야! 주차부터 벌써 차이가 나잖아?' 하며 만족감에 미소까지 지었다.

평수가 큰 아파트에는 아무래도 지체가 높은 분들이 살고 있을 텐데, 나처럼 저렇게 내일이라는 미래에 대한 준비성을 갖춘 자세가 주차에까지 습관화되어 있으니, 나도 곧 그들과 동격의 수준에 오를 거라는 야심에 찬 포부가 떠오른 것이다.

그런데 유수와 같은 세월이 금세 흘러 33년이 지난 지금, 아파트마다 주차장에 '전면 주차'라는 표지판이 부착되어 있다. 그 뜻은 나처럼 꽁무니를 화단 쪽으로 두는 '후면 주차'를 하지 말고, 차량의 머리가 화단으로 향하게 주차하라는 말이다.

얼핏 화단의 화초나 보도로 지나가는 사람에게 가스 배출의 위험이 있어 그러는 거라고 느끼기 쉬운데, 실은 그보다 더 중요한 이유가 있다. 후면 주차할 경우, 본인은 나중에 나가기가 편할지 몰라도, 저층에 거주하는 분들이 매연으로 인해 심한 피해를 볼 수 있기 때문이다.

자동차에서 나오는 매연에는 두통의 원인이 되는 일산화탄소, 발암 물질인 벤젠과 폼알데하이드 등 유해 물질이 30여 종이나 있다고 한다.

실제로 한 아파트에서 차량의 배기구를 아파트 쪽으로 향하게 후면 주차한 상태에서 시험한 결과, 시동을 걸자마자 차에서 5m 떨어진 아파트 출입구 주변의 일산화탄소 농도가 200ppm을 넘었다고 한다. 이는 실내 기준치의 20배를 웃도는 수치다. 만성 폐 질환이나 천식, 심혈관 질환자들이 장기적으로 노출되면 질환을 악화시킬 수 있고, 흡연하지 않아도 폐암 등을 유발할 수 있어 간접흡연만큼이나 위험하다.

그러니 나갈 때 뒤를 살펴야 해서 내가 좀 불편하더라도 이웃인 저층 거주자가 입을 피해를 조금이라도 줄여주는 '전면 주차'가 당연히 바람직하다.

그러나 운전하는 분은 다 공감하겠지만, 좌우 다른 차량 사이에 끼어 주차된 상태에서 후진으로 빠져나가는 것이 여간 힘든 일이 아니다. 바쁜 출근 시간에 좁은 공간에서 앞뒤로 오가며 끙끙대다가 결국 포기하고, 옆 차량의 운전석 전화번호를 찾아 누르며, 상쾌하게 하루의 일과를 시작해야 할 아침부터 기분을 잡친 경험도 있을 것이다.

더구나 자칫 후방 주시에 소홀했다가는 좌우 차량은 물론이고, 한순간에 지나가는 차량과 쿵, 하는 접촉 사고를 내기 십상이다. 이런 경우 차에서 내린 두 운전자가 양보 없이 상대방의 잘못만 지적하다 보면, 삿대질을 넘어선 큰 싸움으로 번질 수도 있다.

이런 일이 보도나 집계는 안 되지만 전국에서 매일같이 수도 없이 일어날 것을 생각하면 그냥 웃고 넘어갈 수만은 없는 심각한 문제인 것 같다. 그런데 왜 아파트마다 '전면 주차' 팻말만 세워두고 문제 해결을 위한 시원한 조처나 가시적인 해결책은 보이지 않는 것일까?

우리나라 공동주택단지 법정 주차 넓이의 최소면적은 길이 5m, 너비 2.3m인데, 이것은 중형차를 기준으로 만들어진 공간이다. 따라서 요즘 나오는 대형차나 에스유브이SUV 차량에는 비좁을 수밖에 없다.

처음 아파트를 시공할 때 세대수에 맞춰 최소의 면적만 할당하느라, 주차 공간이 모두 차량의 진행 방향과 직각을 이루며 주차하도록 구획되어 있다. 그래서 수평으로 들어오다가 직각으로 꺾어 주차하거나, 반대로 뒤로 나가다가 좌, 우로 직각 방향으로 꺾어 수평으로 진행하게 되어 매우 힘이 든다.

미국이나 선진국의 경우도 당연히 전면 주차를 하는 문화가 형성되어 있다. 그래서 주차를 대각선으로 할 수 있게 사선으로 주차선을 긋고, 사선이 그어진 방향으로 일방통행을 하도록 하고 있다. 이 때문에 차량 진행과 역방향이 되는 후면 주차는 아예 하기도 어렵다.

우리나라도 최근에 지어진 아파트는 주차장을 사선 구조로 만들거나, 수자 쏙을 넓힌 확장형 주차 공간을 도입하는 추세다.

그런데 늘 위험을 안고 사는 기존의 직각형 주차 공간 문제에 대한 뾰족한 대책은 과연 없는 것인가?

인터넷에서 '전면 주차'에 대해 좀 살펴봤지만, 전면 주차하는 요령에 대한 설명은 많아도 문제를 근본적으로 해결할 묘안은 보이지 않았다. 층간소음이나 흡연 문제만큼이나 중요하게 생각한다면서, 같은 아파트의 거주민으로서 서로 배려하는 마음이 필요하다는, 땀띠 나는 소리만 늘어놓고 있다.

사선으로 주차된 차량 모습을 찍어 올린 사진들을 살피다 보니, 반짝하는 생각이 떠올랐다.

현재의 직각 방향 주차 공간을 45도 각도로 사선으로 바꿀 경우, 한쪽 끝에 있는 2개의 주차 공간만 사라지면 된다는 것이다. 즉 현재 10개의 주차 공간이면 8개로 줄어드는 셈이다. 그 대신에 길이 5m, 너비 2.3m를 고려하면, 차량 뒤쪽 진행 통로는 1.2m가량 넓어지게 된다.

전체적으로 최대 20%의 주차 공간이 줄어들기는 하지만, 당장 페인트칠 수정만으로 '전면 주차' 문제는 완전히 사라질 수 있으니, 아파트 운영위원회와 관리사무소는 이런 방법의 적용을 한번 검토해보면 어떨까 싶다.

누군가 '전면 주차' 문제에 관계되는 분이 이 글을 읽어보고 현실적으로 적용해서 개선되었다는 소식이 들리기를 기대하면서, 젊은 시절에 '후면 주차' 하며 나밖에 몰랐던 어리석은 사람의 실수를 상쇄했으면 싶다.

오월의 어느 날

오월엔 온갖 꽃이 만개하고 나뭇잎은 신록의 푸르름을 뽐낸다. 이 아름다운 계절이 오면 내 마음도 한껏 부푼다. 결혼기념일이 있는 달이기 때문이다.

마이크로소프트 창업자인 빌 게이츠가 아내 멀린다와 헤어진단다. 어린이날인 그저께 신문 앞쪽 한 면을 다 차지하더니, 이틀이 지난 오늘도 뒤쪽 면에 다시 나왔다. 2조 원의 주식이 벌써 멀린다에게 양도됐다며, 세계 4위 갑부인 빌의 146조 원에 달하는 재산을 상세히 소개하는 기사다.

두 사람은 20조 원에 이르는 주식을 기부하여 '빌 앤드 멀린다 게이츠 재단'을 설립하고 전 세계의 기아와 질병, 불평등 퇴치와 교육 확대에 힘썼다.

13년 전부터 회사 경영에서 손을 떼고 재단 일에 몰두한 빌은 올해 초에 '기후 재앙을 피하는 법'이라는 책까지 출간했다. 소가 먹은 사료를 되새김질하며 발생하는 메탄가스가 지구 온난화에 영향을 끼친다고, 햄버거에 넣는 쇠고기 패티 대신 인공육을 먹기도 했다.

거부가 된 사람치고는 상당히 인간미가 넘쳐서 부부 모두에게 좋은 감정이 있었는데 조금 아쉽다.

2017년에 빌 게이츠로부터 세계 최고 부호 자리를 탈환한 아마존 창업자 제프 베이조스(57)는 2019년, 25년간 결혼생활을 한 아내 스콧에게 44조 원을 주고 합의 이혼했다. 이혼 사유는 베이조스와 모 TV 앵커와의 불륜이었다. 위자료를 받은 스콧도 단숨에 세계 18위 부호에 올랐다.

구글의 공동창업자인 세르게이 브린도, 2015년 아내 앤 보이치키와 이혼했다. 영국 매체는 "브린이 구글 직원과 불륜 관계였다는 것이 드러난 뒤 2년 반 만에 보이치키와 갈라섰다"라고 보도했다.

올해 56세인 멀린다는 스물두 살에 빌의 회사에 입사해서 7년 뒤인 1994년에 아홉 살 많은 빌과 사내 결혼했다. 슬하에 세 아이를 뒀는데, 막내가 만 18세란다.

워싱턴주에 있는 2천 평에 달하는 1,500억 원짜리 저택에는 앞으로 누가 살게 될지 궁금하다. 이혼 사유가 "부부 관계가 망가졌기 때문"이라고 하니 그나마 불륜이 아니라서 다행이다.

올해 70세가 된 내 아내 복자는 11살인 초등 5학년 때 나를 만났다. 봄에 전학을 와서 한 반이 되었고, 6학년에도 그대로 올라가 부반장과 반장으로 지냈다.

중·고등학교는 학업에만 열중한 모범생들이라 만난 적도 없는데, 대학에 갔더니 거기에 와 있었다.

간호과인 복자는 의과대학에 딸린 기숙사에 있었고, 공대 전자과가 있는 본교 캠퍼스와 시내버스로 두 시간이 넘는 거리라서 편지를 주고

받았다.

나는 부모님이 40대 중반에 딸 셋 밑으로 낳은 외동이어서, 졸업 후 취직이 되자마자 곧바로 결혼했다. 바로 46년 전 오늘, 5월 7일이다.

고향 진주에서 천 리나 떨어진, 내 직장이 있는 경기도 오산으로 와서 살았다.

아내는 둘째 아들이 세 살 되던 해에 보건 교사 임용시험에 합격했다. 일부러 외진 도서 학교에 지원해서 1년간 시아버지와 두 아들을 건사하며 보냈다.

토요일이 반공일이던 시절이라, 오전 근무를 마치면 차 타고 배 타고 다시 차로, 편도 4시간 거리를 교대로 오가며 주말부부로 지냈다.

그 후에 수원으로 발령이 나서 24년간 근무하고 50대 중반에 명예퇴직했다.

지금은 신혼 5년 차인 둘째도 마흔이 넘었고, 장남의 딸인 손녀가 중학생이 되었다. 지난 일요일, 월간 가족 모임 때 어버이날에 쓰라고 나와 아내에게 각각 용돈을 줬다. 그러고도 제 어미에게 어디 여행이라도 가라며 따로 큰 봉투를 주고 갔단다.

세 살 터울인 녀석들이 대학과 고등학교에 들어갈 무렵에 내가 하던 사업이 어려워 제대로 보살펴 주지도 못했다. 그런데도 엇나가지 않고 제각기 나름대로 알아서 잘 커 줘서 내가 오히려 아이들에게 감사하고 있다.

큰놈에겐 살던 집이라도 물려줬지만, 둘째에겐 결혼 때 겨우 몇천만

원 해준 게 고작인데, 지금은 열심히 벌어서 제집을 마련해 살고 있다.

대단히 많은 돈을 지닌 부자이면서도 불편하고 불행한 삶을 사는 사람이 많다.

젊어서 청춘 남녀로 만나 사랑하고 결혼해서 자식들 낳고, 검은 머리 파뿌리 되도록 서로 이해하고 위로하며 평생을 해로하면 얼마나 좋은가. 그래야 자식들도 본을 받고 더 감사해하지 않겠나 싶다.

이 미련스러운 내 아내 복자는 나 대신 돈 번다며 오늘도 요양보호사 교육원에 강의하러 나갔다. 벌써 6년째나 되었다.

나는 기껏 인터넷에서, 어느 극장에서 볼만한 영화가 상영되는지 시간표를 훑어보고 앉았다.

물론 어제 내가 '다 있소'라는 매장에 가서 찢어진 설거지용 고무장갑을 사 왔고, 아내 몰래 흰색 스프레이 페인트도 한 통 샀다. 오래전부터 떨어져 내리는 베란다 천정의 페인트 조각을 걷어내고 뿌려볼 생각이다. 가능성이 있으면, 더 사서 다음 주에 아내 없을 때 전부 새로 깨끗이 단장할 계획이다.

저녁 늦게 아내가 오면, 내일 '미나리'와 '자산어보' 중에 어느 게 보고 싶은지 물어볼 참이다.

3부

대추 서리

 내가 사는 작은 아파트단지에는 넓은 평수가 아니어서 그런지, 단출한 젊은 부부 가족이나 나처럼 은퇴한 노부부만 사는 집이 상당히 많은 것 같다.

 대로변에서 벗어난 아파트단지들 사이 도로의 가로수는 거의 은행나무인데, 암수를 고려해서 심었는지, 가을이면 잘 익은 노란 열매가 잔뜩 떨어져 은행잎과 함께 길바닥에 나뒹군다. 도로에서 아파트단지로 들어서면 가로수는 느티나무와 벚나무가 대종을 이루고 봄에는 화사한 벚꽃이 만개해서 꽃 터널을 만들어, 달리 봄나들이를 하지 않아도 새봄의 정취를 흠뻑 맛볼 수가 있어 참 좋다.

 걷는 길 화단에는 새봄의 전령사인 하얀 목련과 성탄절 트리로 사용하면 예쁠 것 같은 잘 다듬어진 주목이 적당한 간격으로 늘어서서 앞줄의 키 작은 회양목, 철쭉, 영산홍과 함께 새싹을 움 틔워 나날이 변하는 생명의 부활을 지켜보는 재미를 더해준다.

 그런데 우리 동 출입문 주변과 몇 개 동 화단에는 대추나무 여러 그루가 무성하게 자라고 있다. 심은 시기는 같을 것 같은데 키가 작은 나무는 종류가 다른지, 대추 열매도 보통의 절반 크기이고 빨갛게 익는 시기도 훨씬 빠르다. 큰 대추나무는 우리 집 3층에서 내려다보면 바로 손에 닿을 높이로 자라서 가을에는 엄지 손마디보다 큰 토실한 열매가 주렁주렁 매달려 바라보기만 해도 흐뭇한 눈요기를 제공해준다.

"여보, 대추 따러 안 갈래요? 사람들이 따 가길래 물으니까, 아무나 따도 된대요."

이곳으로 이사 온 작년 첫가을에 외출했던 아내가 들어와 숨을 헐떡이며 졸랐다. 아파트 공유물이니까 낙과는 모르겠지만 달린 것은 어떻게 처리하는지 몰라서 구경만 하고 있었는데 누군가가 먼저 따버린 모양이다. 갑작스레 길쭉한 막대기를 찾느라 한참 후에야 긴 우산을 들고 가보니까, 대추나무마다 낮은 부분은 거의 다 따가고 높은 꼭대기에만 몇 알 안 되는 열매가 남아있다.

"아직 붉은색이 절반도 물들지 않았던데 풋것을 급하게도 따갔나 보네? 허허."

하는 수 없이 단지 내를 돌아다니며 오르기도 쉽지 않은 나무를 바둥바둥 억지로 올라가서 나뭇가지 끝자락에 달린 열매를 겨우 털어서 한 바가지쯤 주워 왔다.

연두색 대추는 먹어보지 않았었는데 아삭하게 깨물어 씹어보니 그런대로 단맛도 나는 것이 예상외로 먹을 만했다. 어린 시절에 수박이나 참외 서리는 몇 번 해봤지만, 길가의 은행나무 열매를 털어가면 공유재산 무단 취득죄로 벌금을 내는 세태이다 보니, 아파트단지 내의 대추라도 서리를 해오면 범죄가 아닌지 걱정되었다. 아내는 처음 서리해본 대추라서 더 맛있다며 혼자서 열 개도 넘게 오물오물 먹어 치웠다. 저녁에 잠자리에 들 무렵에 허리가 결리고 허벅지도 뻐근해져서 내년에는 일찍 따러 가자고 웃으며 약속했었다.

제사나 명절 차례상 맨 앞줄에 놓이는 조(대추), 율(밤), 시(감), 이(배)의 한 가지인 대추는 원산지가 한국이고 중국과 일본, 남유럽에 분포되어 있으며 경남 밀양과 충북 보은에서 많이 재배되고 있다. 잘 익은 대추 열매 말린 것은 자양, 강장, 진해, 진통, 해독 등의 효능이 있어 한방에서는 기력부족, 불면증, 약물중독, 만성기관지염 등에 쓰인다. 대추는 열매가 많이 열려 다산과 풍요의 의미로 혼례식 때 신부에게 던져주는 폐백용 과일이 되었으며, 재목이 단단하여 떡메나 달구지의 재료로 쓰이고 벼락 맞은 대추나무는 물에 가라앉는 특색이 있어 값비싼 도장을 파는 재료로 사용된다.

가로수로 심어진 은행나무는 차량의 매연으로 인해 열매에서 발암물질이 추출된다는 보도가 나간 이후로 털어가는 사람도 드물지만, 길바닥에 떨어진 열매도 주워가기는커녕 마구 짓밟고 다녀서 노랗게 쌓인 은행잎을 사각사각 밟으며 걷는 가을 정취마저 경감시키는 모습을 흔히 볼 수 있다.

대추나무도 길가에 심어지면 마찬가지가 될지는 모르지만, 아파트단지 내의 대추는 오며 가는 사람들 누구나 한 번쯤은 털어서 따보고 싶은 마음이 들 만큼 탐스럽고 귀해 보인다.

수억 년을 살아남은 은행나무나 수만 년을 견뎌온 대추나무처럼 사람도 제가 설 자리에 배치되어야 비로소 자기의 고유한 능력을 제대로 발

휘할 수가 있을 것이다. 우선 취직자리가 급하다고 본인의 적성과 자질에 맞지도 않는 일자리를 찾았다가는, 괜한 시간만 낭비하고 세월이 한참 지난 후에 쓸모없는 사람으로 전락하여, 돌이킬 수 없는 후회나 남기게 될 잘못을 범할 수도 있지 않을까.

많은 사람이 우러러보는 화려한 대로변의 가로수가 되었다가 말년에 무시당하고 짓밟히는 은행나무보다는, 몇 안 되는 사람들의 눈에만 뜨이지만, 제자리에서 묵묵히 할 일에만 종사하다가 늘그막에 여러 사람으로부터 칭송받는, 대추나무 같은 사람이 되는 것이 더 바람직한 처신이 아닐지 모르겠다.

추석을 일주일쯤 남겼을 때 햇볕에 반짝이던 연두색 대추 열매가 붉은색을 조금씩 띠기 시작했다. 아내와 나는 우리 집 앞의 대추나무를 추석 전날 털기로 하고 빨래건조대의 긴 막대를 뽑아내어 현관 입구에 세워두었다. 추석날 찾아올 올해 입학한 손녀와 며느리들에게도 맛을 보일 수 있고 직접 수확한 과실을 차례상에도 올릴 수 있겠다고 좋아하며 들락거릴 때마다 대추 열매를 올려다보고 흐뭇해했다.

"여보, 큰일 났어요. 대추를 누가 다 따버렸어요!"

외출 갔던 아내가 들어서며 기함을 하였다. 화들짝 놀라 창문을 열고 내려다보니 우리 대추나무에 소담스레 달려 있던 볼그레한 대추가 하나도 보이질 않는다.

"아니, 이런! 어떤 사람이 우리 대추를 서리해 간 거야?"

나는 놀라고 화가 나서 고함을 질렀다. 일 년 동안이나 기다리며 지켜보고 있었는데 어느 몰상식하고 무례한 화적 보따리 같은 사람이 우리 대추를 말도 없이 몰래 다 털어갔는지 도대체 분통이 터져서 견딜 수가 없었다.

집 안에 있으면서 그것도 제대로 감시 못 하고 뭐 했냐는 아내의 핀잔을 들으며 나는 어처구니가 없어서 양손으로 얼굴만 문질러대었다.

그냥 두면 안 되겠고, 내년에는 아무나 따지 못하게 하고 일정한 날을 잡아서 함께 털어 나누는 방안을 관리사무소에 건의하기로 의견의 일치를 보고, 아내와 나는 다소 안심하며 씁쓰레한 웃음을 지었다.

우리 대추? 그런데 한참 후에 갑자기, 왜 내가 우리 대추를 몹쓸 사람한테 서리 맞았다고 생각하고 있는지 의문이 들면서 얼굴이 화끈거렸다.

그렇다면 우리도 누군가가 따려고 마음먹고 기다리던, 남의 대추를 서리하려고 계획했던 게 아닌가?

나이가 들면 농심으로 돌아간다지만, 내 것, 남의 것, 우리 것도 구분 못 할 정도로 아둔해지면 안 되는데 생각하며, 잠깐이나마 아파트의 공동소유인 대추나무 열매를 내 집 앞에 있다고 마치 내 것인 양 착각했던 게 부끄러워 혼자서 쑥스러운 웃음을 지었다.

『문예감성』 2016년 봄호

지공파(地空派)

"당신도 이제 지공파에 가입해요!"

생일을 며칠 앞둔 어느 날 아내가 웃으며 내게 말했다.

"지공파? 그게 뭐야? 무슨 조직 모임이야?"

나는 무슨 소린지 몰라서 아내가 농담하는 줄 알고 따라 웃으며 물었다.

"지하철 공짜로 타고 다니는 사람들을 지공파라고 한대요. 준선 씨는 재작년부터 노인 카드 나와서 삑삑 소리 내고 그냥 통과해요. 호호."

"아, 그래? 전철은 무조건 다 공짜로 탈 수 있단 말이지?"

전철에 무임승차할 수 있는 노인 우대 카드를 발급받을 나이가 되었다는 말에 무척 반가웠다. 어쩌다 볼일이 있어 서울 나들이라도 하게 되면 왕복 전철 비용이 담배 한 갑 값을 훌쩍 넘기기 때문이다.

주민센터에 발급 신청을 하고 나서 내 생일이 지난 며칠 후에 빨간색 교통카드가 집으로 배송되어왔다. 경기도에서 발급한 G-PASS 지패스로 뒷면에 '만 65세 이상 어르신 우대용 교통카드'라고 적혀있다.

그런데 막상 노인 우대 카드를 받고 보니 이제 명실상부한 노인네가 되었구나 싶어 기쁨보다 어쩐지 숙연한 느낌마저 들었다.

환갑이 지나 사회생활을 접고부터 머리의 염색도 하지 않고 지낸다. 대인 관계상 예의를 지켜야 할 일도 별로 없고 매주 염색하는 일도 귀찮아져서이다.

만 65세가 다 된 지금은 회색보다 흰 머리칼이 더 많아졌고 유전적으로 앞머리 숱이 적어서 실제 나이보다 대여섯 살은 더 많게 보인다.

그래도 지금까지 전철을 탈 때 노약자지정석에 앉지는 않았다. 아직은 두 다리로 서서 한 시간 정도는 거뜬히 타고 다닐 수 있기 때문이다.

그런데 일반석 중간쯤에 서 있으면 간혹 예의 바른 젊은이가 슬며시 자리를 비우고 일어서는 경우도 있다. 내가 겉보기로 칠순은 넘어 보여서 그럴 것이다.

그래서 앉을 자리가 없이 복잡할 때는 가급적 출입구 근처에 기대서서 오곤 한다. 젊은이들도 한창 각박한 사회생활에 찌들어 피곤할 테니까, 자리를 양보받는 민폐를 끼치고 싶지 않아서다.

그리고 한 달쯤 지나서 동갑인 아내도 노인 우대 카드를 발급받았다.

아내는 아직 직장 생활을 하고 있어 매일 한 시간 이상 걷고 운동도 열심히 한다. 그래서인지 나이보다 네댓 살은 젊어 보인다.

둘이 함께 나섰다가 초면인 사람을 만나면 열 살쯤 차이 나 보이는 부부가 동갑이라는 말에 적이 놀라는 모습을 보게 되기도 한다.

"당신 친구들 만날 수 있을 때 부지런히 만나고, 놀러도 자주 가도록 해요. 나중에 나이 들면 그러고 싶어도 못 하니까."

나는 집에 틀어박혀 글이나 쓴답시고 친구들 모임에도 거의 안 나가지만 아내에게는 열심히 놀러 다니라고 일렀다. 그 나이에 일주일에 네댓새 정도나 온종일 서서 강의하느라 쌓인 스트레스를 풀 수 있는 가장 좋은 방법일 테니까.

그래서 아내는 이제껏 마음 맞는 친구들 몇 명과 거의 매주 만나서 나들이를 하고 있다.

주로 서울의 백화점에서 만나 아이쇼핑하며 유행하는 옷의 트렌드를 살피고, 백화점 커피숍에서 커피 한 잔씩 시켜놓고 싸 가져간 간단한 음식으로 점심을 때운다.

그리고는 남대문시장에 가서 싸구려 옷이나 신발, 생활용품을 사거나 어디 세일하는 장소에 다녀오기도 한다.

지금껏 살아오며 헛돈 쓰지 않고 아끼는 습관이 몸에 배어있기도 하거니와 평균수명이 연장되어 앞으로 살아갈 날이 더 길어졌으니 조금이라도 절약하지 않으면 안 될 일이니까.

괜찮고 값싼 물건은 두어 개씩 더 사 와서 며느리들이 집에 오면 선물로 나눠주기도 한다. '좋아라' 하며 받아 가는 며느리들 얼굴을 보면 나도 기분이 무척 흐뭇해진다.

그런데 노인 우대 교통카드를 받고 나서는 아내의 나들이 행선지가
점점 멀어지기 시작했다.

상암 하늘공원에도 놀러 가고, 강화도 근처뿐만 아니라 전철이 닿는
곳이면 어디든, 심지어 온양 온천까지 다녀오기도 했다. 교통비가 공짜
니까 부담 없이 놀러 다닐 수 있어 더없이 좋아졌다며 즐거워했다.

이용 가능한 전철은 지하철 1호선~9호선과 분당선, 중앙선, 경의선,
경춘선, 수인선, 공항철도(일반), 신분당선 등이다.

며칠 전 토요일에는 가을 단풍 구경한다며 양평 용문사에 놀러 갔다.

공짜 전철을 타고 가서 내리면 용문사 입구에 있는 식당의 셔틀버스
가 있다고 한다. 그 버스를 타고 10분쯤 가서 그 식당에서 점심을 먹어
주면 용문사 입장료도 무료라고 한다.

대신에 더덕구이나 북어구이를 1만3천 원에 먹기는 하지만, 그 유명
한 용문사의 가을 정취를 흠뻑 만끽하고 올 수 있으니 그 정도의 부담
은 별 게 아니다.

용문사에 있는 은행나무는 나이가 1,100살로 추정되며 높이 42m,
뿌리 부분 둘레가 15m이며 우리나라 은행나무 가운데 나이와 높이에
서 최고 기록을 가지고 있다.

이 나무는 통일신라 경순왕의 아들인 마의태자가 나라를 잃은 설움을
안고 금강산으로 가다가 심었다는 전설과 의상대사가 짚고 다니던 지팡
이를 꽂아 놓은 것이 자라서 나무가 되었다는 전설이 전해진다.

"사람이 엄청나게 놀러 와서 전철이 만원이라 올 때는 계속 서서 왔

어요!"

용문사를 다녀온 아내는 즐거움이 잔뜩 배인 얼굴로 억지 푸념을 했다.

"살기 어렵다면서 웬 사람들이 그렇게 놀러 다니는 건가?"

올해 가을 단풍이라야 아파트단지 내의 벚나무와 느티나무 잎사귀 시드는 거나 보았던 나는 그래도 아내의 밝은 얼굴을 보는 것만으로도 흡족해서 물었다.

"당신 나이 남자들도 여럿이 뭉쳐서 많이 왔던데요? 당신도 언제 한번 가보면 좋을 텐데…"

글 쓴다고 집에만 있는 내가 안쓰러운지 아내가 조금 미안한 미소를 지었다.

"동창회 모임에서 갔나 보지 뭐. 노인네들이 말짱 지공파가 돼서 단풍 구경한답시고 나서니까 전철이 만원이 안 될 수가 없겠네. 허허."

"젊은 사람들도 많아요. 애들 데리고 온 부부들도 많고."

"그래? 용문사는 유명한 데니까 당일로 단풍 구경하는 젊은 층도 많이 오는 모양이네. 하기야 일주일 동안 격무에 시달리다가 가족이랑 추억 만들기 하면 피로 해소도 되고 에너지도 재충전할 수 있으니까 좋은 일이지. 그런데, 노인네들 때문에 전철이 만원이 돼서 젊은 사람들이 짜증 나지 않았을까?"

얘기하다 보니 문득 지공파들이 젊은이들에게 해를 끼치고 있다는 생각이 들었다.

'과거에 열심히 일한 당신들, 이제 남은 인생 즐기면서 사세요'라고 할 수도 있겠지만, 한창 바쁘게 사회생활하느라 피곤한 젊은이들의 목

마른 휴식에 방해가 되어서야 쓰겠나 싶어졌다.

　우리나라도 2000년부터 65세 이상의 인구가 전체 인구의 7% 이상이 되어 '고령화 사회'로 접어들었다. 65세 이상 인구가 14%가 되면 '고령사회'라고 하는데, 2017년 현재 우리나라의 65세 이상 고령자가 이미 13.8%나 된다.

　벌써 65세 이상 노인네 한 사람을 생산 가능 인구 5.3명이 부양하는 꼴이 되었다.

　고령자가 20%를 넘어서면 '초고령사회'인데 우리나라는 2045년에 고령자가 47.7%가 될 전망이라고 한다. 인구의 절반이 노인네가 되어, 젊은이 한 명이 벌어서 자기도 먹고살고 노인 한 명도 부양해야 한다는 말이다.

　2016년 65세 이상 고령자의 고용률은 전년보다 0.1% 포인트 증가한 30.7%에 불과하다.

　'100세 인생'을 노래하면서 만날 놀러만 다녀서야 머지않은 우리 자식들 세대에 큰 사회적인 문제를 일으키지 않겠는가?

　2017년 조사에 의하면 55세~79세의 고령자 중 62.4%는 일하기를 원한다고 한다. 그래도 마땅한 일자리가 없으니 어쩌겠는가?

　"여보! 당신 친구들하고 놀러 가는 걸, 주말 말고 평일로 바꿔야 하지 않겠나? 젊은이들이 모처럼 휴식 취하러 나왔다가 우글거리는 노인네들에게 치여서 스트레스만 더 받고 가겠구먼. 허허."

아무리 전철을 공짜로 타는 지공파라도 기본 예의는 지켜야 할 것 같다.

"그러네요. 다음에는 평일에 가자고 해야겠어요."

아내도 두 아들 부부와 손녀 생각에 미안한지 겸연쩍은 미소를 지었다.

『문예감성』 2017년 가을호

전화 한 통

저녁 7시가 다 돼 간다. 아내가 도착할 시간이 한 시간쯤 지났다.

아내는 요양보호사 교육학원에 강사로 나가고 있다. 고등학교 보건 교사로 근무하다가 15년 전, 50대 중반에 희망퇴직했다.

나는 7년 전에 사회생활을 접었다. 힘들게 운영하던 작은 제조업체였다. 그러자 아내가 대신 벌겠다며 나섰고, 학원 강사로 나간 지 벌써 6년이 넘었다.

나는 누님만 셋인 외아들이다. 부모님이 40대 중반에 낳아 귀한 자식으로 자랐다.

그래서 군대도 대학교 재학 중에 입대하여 6개월 만에, 부모 65세 이상인 독자로 의가사 제대했다.

부산 P대학교 전자과 4학년 재학 중 10월 초에, L그룹 계열사인 대기업 J사에 특채로 입사했다.

다음 해 5월 초에 간호사인 여자 친구와 결혼했는데, 그 여자 친구는 초등학교 동창이면서 대학교도 동창인 지금의 아내다.

내 직장인 방위산업체 J사가 있는 경기도 오산에 신혼살림을 차렸다. 고향 진주에서 천 리나 떨어진 먼 곳이다. 나는 J사 부설 연구소에서 군용 무전기 국산화 개발에 전념했다.

이듬해 아들을 낳자 부모님도 진주 집을 처분하고 올라오셨다. 3대가 한집에 살면서 손자 재롱에 웃음이 떠나지 않는 즐거운 나날을 보냈다.

　그러던 중, 독실한 불교 신자셨던 어머님은 위암으로 일 년여를 고생하시다가 운명하셨다. 그때 아내는 세 살 터울의 둘째를 임신 중이어서 배가 불렀다.

　둘째 아들이 세 살이 되자, 전직 초등학교 교장이던 아버님의 권유로, 아내는 양호교사 임용고시에 응시해서 합격했다.

　일부러 인천 영종도의 서쪽 끝에 붙어있는 외딴 초등학교에 지원했는데, 도서島嶼나 오지奧地에 1년간 근무하면 희망하는 학교로 전근이 가능해서였다.

　마침 학교 관사에서 아버님과 두 아들도 함께 기거할 수 있었다. 오산 집과 영종도의 학교는 두 번의 시외버스로 세 시간, 배를 타고 30분, 다시 버스로 한 시간을 가는 거리에 있었다.

　그때는 토요일도 오전에 근무하는 반공일이어서, 토요일 오후에 교대로 오고 갔다.

　갈 때는 인천 연안부두의 마지막 배 시간에 늦지 않게 서둘러야 했다. 저녁때 도착하여 다섯 식구가 함께 식사하며 그동안 쌓였던 회포를 풀었다.

　다음 날 애들과 바닷가에 나가 놀다가, 점심 먹자마자 아쉬운 이별의 손짓을 나누며 버스에 올라야 했다. 철없는 둘째는 아빠와 안 헤어지겠다며 울고불고 난리를 피웠다.

아내가 아버님 모시고 두 아들과 함께 오산으로 올 때는 섬에서 나는 해산물을 바리바리 싸 들고 왔다. 나 혼자의 2주일 치 반찬으론 너무 많아서 가까운 이웃과 나눠 먹었다.

그렇게 1년을 지낸 뒤 원하던 수원의 초등학교로 발령이 났고, 아내는 중등과 고등학교로 진출하며 24년을 보건교사로 충실히 근무했다.

집에서 손자들을 돌봐 주시던 아버님은 장손이 대학생이던 새천년에 92수로 타계하셨다.

교육원 수업은 강의 50분에 쉬는 시간 10분이다. 아침 9시에 시작하여 오전 오후 각 4시간씩의 강의를 마치고 집에 오면 통상 6시쯤 된다.

두어 달 전까지만 해도 주야간 모두 강의하는 날이 일주일에 나흘이나 되었다. 야간 4시간 강의까지 끝내고 오면 거의 밤 11시가 된다.

질순이 된 올해는 기력이 날려 야간 강의를 많이 줄였다. 일주일에 한두 번인데, 금요일인 오늘은 야간 강의가 없는 날이다.

아내는 퇴근 때 가방에 먹을거리를 잔뜩 넣어 온다. 교육원의 나이 많은 수강생들이 갖다주는 주전부리와 반찬이다.

나는 가방에서 빵, 과자, 과일, 반찬 등을 꺼내는 일이 재미있다. 부실한 치아로도 먹을 수 있는 말랑한 '양갱'이 제일 반갑다.

오늘은 또 뭘 가져오려나?, 기대하며 아내에게 문자를 보냈다.

'뭔 일 있어요?'

가끔 졸업한 제자들이 찾아와서 커피를 마시며 얘기하느라 조금 늦게 오기도 한다. 그럴 때는 '오늘 늦겠어요'라는 문자를 꼭 보내온다. 내가 7시경에 식사를 하기 때문이다.

쌀독을 열고 쌀 한 컵을 퍼서 냄비에 부어 담았다. 오늘 저녁과 내일 아침에 먹을 두 끼분이다. 찬물에 여러 번 문질러 씻고 헹궜다.

아내는 당뇨가 있어 오래전부터 잡곡밥을 먹는다. 한 번에 여러 끼니를 전기밥솥에 따로 지어 밥통에 넣어 둔다.

내 밥은 가스 불로 짓는 냄비 밥이라 금세 다 되었다.

7시 30분이 됐는데도 아내의 답신이 없다.

'이런 일은 없었는데, 무슨 일이 생긴 건 아닐까?'

괜히 불길한 상상이 몰려온다.

잠깐 망설이다가 통화 버튼을 눌렀다. 벨이 여러 번 가는데도 받지 않는다.

'강의 중이라 못 받을 수도 있겠지?' 가끔 다른 강사 대신 갑자기 강의하기도 한다.

얼른 끊고, 잠시 기다려도 역시 응답이 없다.

음습한 예감이 다시 엄습해온다.

저장된 교육원 전화번호를 찾아 눌렀다. 다른 직원에게 물어볼 요량이다.

"북-, 북-, 북-"

그런데, 벨이 열 번도 더 울렸는데도 받질 않는다.

'야간 수업 없나 보네!'

'아니면, 강사만 강의실에 있고 사무실 직원은 다 퇴근한 건가?'

강의는 사무실에 붙은 강의실 외에 위층 강의실에서도 진행할 수 있다.

'혹시 오다가 저당이 와서 길에 쓰러진 건 아닐까?'

그랬다면 행인이 발견해서 급히 119를 불러 병원에 있을 것이다. 그리고 내게 전화 연락이 왔어야 옳다.

'설마, 어둡고 외진 곳에서...'

학원에서 집까지 걸어오는데, 20분 거리다.

여기는 큰 공단이 있는 도시라 외국인 근로자가 많다. 전에 그런 끔찍한 사건이 더러 있었다.

요즘은 불경기에다 '코로나 19' 여파로 도시의 분위기가 영 심상치 않다.

밥 먹는 게 문제가 아니다. 무슨 일인지 얼른 확인부터 해봐야겠다.

'우선 교육원에 가서 강의하고 있는지 확인하자!'

외출복으로 갈아입는데 별의별 망측한 생각이 다 든다.

'무슨 큰일이라도 생겼으면 어떡하지?'

'얼마나 놀라고 무서웠을까?' 생각만 해도 끔찍하다.

'진작 그만두라고 말렸어야 했는데!' 후회막급이다.

평생 고생만 한 아내가 불쌍해서 어쩌면 좋단 말인가.

안쓰러움에 억장이 무너진다.

집을 나서기 전에 마지막 확인차 한 번 더 송신 버튼을 눌렀다.

"북–, 북–"

벨 신호 가는 소리가 들린다.

조마조마하여 가슴이 두근거린다.

"왜요? 무슨 일인데?"

이런! 반가운 아내의 목소리다.

"문자 못 봤어? 무슨 일 있는가 싶어서…"

"아침에 야간 강의 있다고 했는데?"

"그랬어?"

아침에 늦잠 자다 일어나 잠결에 배웅했었다.

'그래도, 응답 전화 한 통 좀 해 주지!'

야속하고 미워죽겠다.

하지만, 나에겐 더없이 소중하고 고운 사람.

『문예감성』 2021년 가을호

보호자

보호자의 사전적 의미는 '어떤 사람을 보호할 책임을 지고 있는 사람' 또는 법률적으로 '미성년자에 대하여 친권을 행사하는 사람'으로 나와 있다.

두 아들의 아비인 나는 자식들의 당연한 보호자이다.

그동안 애들을 먹여 키우고 대학까지 공부시키면서, 보호자로서 결격사유 없는 인생을 살았다고 자부한다.

결혼 비용도 어느 정도 지원했으니 상당히 양호한 보호자 임이 분명할 것이다.

아내가 맹장염으로 병원에 입원하여 수술받을 때는 내가 아내의 보호자 역할까지 했었다.

나는 5년 전에 40여 년의 힘들었던 사회생활을 접고 은퇴했다.

지금은 컴퓨터 앞에 앉아 글이나 쓰면서 소일하고 있는데, 하루에 열 시간가량을 훌쩍 보내기 일쑤다.

그러다 보니 운동은 거의 못 하고, 아내가 함께 마트에라도 가자면 마지못해 짐꾼으로 동행할 정도다.

나는 위 십이지장 궤양으로 15년 가까이 단골 병원을 출입했다.

그런데 은퇴 후에 주머니 사정이 좋지 않아서, 좋아하던 술을 3년 전부터 서서히 끊었다. 원래 도수 높은 소주나 양주는 못 마시고, 순한 맥주는 꽤 많이 마시는 편이었다.

그런데 술을 끊고 난 지금은 제사상의 퇴주잔만 마셔도 토한다. 상할 대로 상한 위장이 술을 거부하는 것 같다.

거기다 군에서 배운 담배를 40여 년간 계속 피워왔다.

은퇴할 무렵에는 하루에 두 갑, 40개비 이상을 피워대는 골초가 되었다.

온 방 안에 담배 연기가 배어 초등생인 손녀가 와도 할아버지 방에 들어오지 않으려고 할 정도였다.

그런데, 1년 전에 자랑처럼 여기던 애연가 자리에서 스스로 물러났다.

처음엔 장남이 가져온 전자담배를 피우다가, 한 개비를 반쯤만 피우고 버리는 방식으로 두어 달 만에 뚝 끊었다.

이제는 술, 담배 다 끊은 양호한 할아버지, 아버지가 되어 가족 모임에서 자식들로부터 장하다는 칭찬까지 들으며 흐뭇해했다.

그러던 나는 열흘쯤 이어진 심한 설사 끝에 하혈이 있어 부랴부랴 병원에 갔다.

치질인 줄 알고 항문외과에 가서 진찰받았더니, 의사가 치질 가능성이 있다며, 이틀 뒤에 대장 내시경 검사하면서 수술도 하자고 했다.

피검사용 채혈을 하고, 배 속을 비우기 위해 먹는 설사약을 받아 왔다.

그런데 다음날 병원에서 급히 연락이 와서, 피검사 결과 심한 빈혈이 있다며, 얼른 큰 병원에 가보라고 했다.

나는 놀란 가슴을 안고 집에서 도보로 15분 거리에 있는 종합병원으로 향했다.

택시 잡아타고 가기엔 어중간한 거리였고, 경황이 없어서 콜택시 부를 생각도 못 했다.

밤새 빈혈이 더 심해져 어지러워서 제대로 걷지도 못하고 쉬엄쉬엄 가는 바람에, 거의 45분 만에 도착했다.

병원 입구 원무과 안내판을 살펴본 후 엘리베이터를 타고 3층에 있는 내과에 올라갔다. 내과 원무과에서 내원 이유를 묻더니, 7개 내과 중에 제1 내과에 가보라고 했다.

제1 내과 앞 안내양의 지시에 따라 채혈실에서 채혈을 마치고 순서를 기다렸는데, 널찍한 대기실 의자에 수십 명이 앉아있다.

병원에 와 보면 웬 아픈 사람이 이리도 많은지 싶다.

차례가 되어 내과 의사의 진찰을 받았더니, 빈혈 지수가 6.6이라며 당장 입원해서 수혈하고 정밀검사를 받아야 한다고 했다.

나는 바로 입원했고, 이틀 뒤 대장 내시경 검사를 받았는데, 작은 용종腫을 세 개 제거했다.

그러나 4cm나 되는 큰 종양이 있어서, 조직검사를 해봐야 암세포가 다른 장기에 전이되었는지를 판단할 수 있다고 했다.

닷새쯤 지나 조직검사 결과가 나왔고, 암세포가 50여 개의 림프샘 중에 30여 개에 퍼졌다고 했다.

대장암 3기로 추정되는데, 수술을 서둘러야 한단다.

그 병원은 종합병원이기는 해도 외과는 두 개밖에 없는 작은 병원이다.

그런 수술이 가능하냐고 내과 과장에게 물었더니, 마침 외부에서 대장 항문 분야에 경험이 많은 외과 의사가 초빙되어 제3 외과가 신설되었다고 소개했다.

밖에 나와 유심히 보니 병원 몇 군데에 제3 외과 개설 안내 플래카드가 크게 걸려있다.

적힌 내용인즉, 제3 외과 과장은 인천의 모 대학을 나와 대학병원 전임의, 강남 S병원 전임의, H병원 외과 과장을 역임한 대장 항문 분야의 전문의라는 것이다.

아내와 나는 집이 가까우니까 이 병원에서 수술하기로 의논이 되었고, 며칠 후에 담당 의사도 내과에서 외과로 이관되었다.

그런데 제3 외과 과장이 내 자식들을 오게 해서 자세한 설명을 하겠다고 했다.

장남은 44세로 초등 6학년 딸이 있고, 차남은 41세로 결혼 4년 차 맞벌이 부부다.

나는 아들들에게 문자로 현황을 자세히 알려주고, 이 병원에서 수술받겠다고 했다.

새로 온 의사의 경력도 괜찮아 보이며, 특히 새로 부임해온 병원에서의 첫 수술이라, 분명히 최선을 다할 거라는 생각을 전했다.

그러나 장남은 제 엄마에게 따로 전화해서, 큰 대학병원에서 수술해야 한다며, 승용차로 30여 분 거리의 안산시에 K대학병원도 있는데 왜 그러냐며 야단 난리를 쳤다.

아비에게는 제대로 말도 못 하면서 만만한 어미한테는 아주 닭 잡듯이 한다.

결국, 두 녀석이 주말에 함께 와서 수술 집도 의사인 외과 과장의 상세한 설명을 들었다.

녀석들이 처음엔 몇 가지 미심쩍은 질문을 하더니,

내가 "의사 선생님, 수술에 자신은 있으신 거죠?" 하며 적극적으로 나오니까,

떨떠름하던 두 녀석도 마지못해 수술에 농의하고 말았다.

곧바로 수술 날짜를 확정하고 수술 동의서 사인 등 필요한 절차를 밟는데, 두 아들 녀석이 우리 대신 나서서 하게 되었다.

아내와 나는 하릴없이 외과 앞 대기실 의자에 쭈그려 앉아 관망만 했다.

그때, 유심히 지켜보던 아내가 약간 떨리는 나직한 목소리로,

"아~들이 이제 우리 보호자가 되었네요"라고 속삭였다.

그 말을 들은 나도 같은 생각이 들고 두 아들이 대견하게 여겨져 흐

못한 미소로 바라보았다.

  그러다 문득,

  아내와 내가 이제는 아이들 보호자에서 되레 부담을 주는 피보호자가 되었음을 실감하며, 초라한 노인네로 변해서 짐 덩어리가 된 내 모습을 내려다보고는 처연한 심정이 되었다.

(2020년 3월 어느 날)

가족

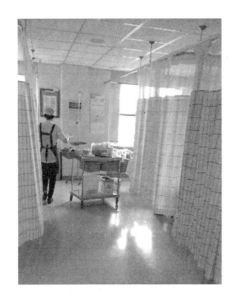

칠순이 다 된 늘그막에 큰 병에 걸려서 온 가족에게 걱정을 끼치게 되었다. 심한 하혈로 들른 집 근처의 종합병원에서 대장암 3기 판정과 함께 네 시간에 걸친 대장 10cm 절제 수술을 받았다.

그런데 하필 '코로나 19'가 기승을 부리던 시점이라, 혈액원 보유 혈액이 태부족하여, 병원에서 환사 가족에게 헌혈을 부탁했다.

'지정 헌혈' 제도라는 게 있는데, 환자의 지인이 어디서든 헌혈하고 헌혈증서 번호를 입원한 병원에 알려주면, 그만한 양의 혈액에 대한 우선 공급을 혈액원에 요청할 수 있단다.

내 수술에 당장 사용될 혈액은 이전에 이 병원의 다른 수술 환자 가족들이 헌혈하여 혈액원에 보관된 것을 급히 빌려 쓰는 셈이라고 설명했다.

병원에서 다섯 명분의 헌혈을 요청해서, 나는 두 아들뿐만 아니라 체면 안 서게 며느리들에게도 헌혈을 시켜야 했다. 그러고도 한 명이 모자라 둘째 아들의 친구까지 동원했는데, 그 친구가 채혈이 끝나자 졸도하는 해프닝도 벌어졌다.

수술은 잘 되었지만, 퇴원 후에도 항암치료센터가 있는 다른 병원에서 2주일마다 2박 3일간 입원하여 항암제 주사를 맞아야 했다. 이렇게 열두 번을 치료받고 타 장기에로의 전이가 없으면 완치 판정을 받게 된다.

인천의 모 대학병원에 입원했더니, 6인실인데 내 병상 좌우와 통로 건너 세 개의 병상에도 환자가 들어차 있다. 커튼으로 구획된 칸막이다 보니 어떤 병상의 얘기든 어느 정도는 엿들을 수 있다.

내 우측에는 팔순의 노인이 입원해있는데, 할머니가 보호자로 함께 숙식하고 있었다.

밤에 통증에 시달리며 신음할 때면 잠을 설쳐 짜증스러웠지만, 낮에 휴게실에서 60년을 해로한 노부부의 다정한 모습을 보노라면 참지 못한 내가 되레 민망했다.

그런데 할아버지의 병명이 췌장암이고 수술 후 다섯 번째 항암치료를 받으러 왔다고 했다. 수술은 잘 됐다지만, 췌장암은 다른 장기로 전이가 잘되고 완치율이 극히 낮은 암으로 알려진 병이라, 혹시나 해서 매우 안타깝게 여겨졌다.

통로 건너 맞은편에는 내 나이쯤 되어 보이는 몹시 수척한 환자가 있다. 말수도 없고, 겨우 일어서서 비척거리며 몇 걸음 걷다가 도로 주저앉는 게 운동의 전부다.

무슨 병인지 몰라도, 회진 의사의 특별한 지시가 없는 것으로 보아, 회복될 희망이 없는 것 같다.

아침 일찍 부인이 와서 살펴보고 조용히 얘기도 나누며 몇십 분쯤 머물다 가는데, 옷차림이나 대화 내용으로 미루어 어디 힘든 일터에 나가는 눈치다.

병든 남편 뒷바라지하며 대신 돈 벌러 다니는 그 부인이 무척 안쓰러웠다.

맞은편 우측엔 50대 중반의 체격 좋고 스포츠머리의 멀쩡한 것 같은 환자가 입원해있다.

자세한 내력은 모르겠지만, 보살님이라는 중년의 여자가 떡 보따리를 들고 면회 와서 거사님이라고 불렀다. 함께 와서 병원 입구에 있다는 다른 보살님과 거사님이 핸드폰으로 큰 소리 내어 웃으며 통화하는 소리가 다 들렸다. '코로나 19' 때문에 면회는 한 명만 허용된다.

그런데, 한밤중 조용한 시간에 기사님이 어떤 간호사를 불러 소곤소곤 얘기하며 떡을 나눠 먹었다. 솔직히 볼썽사나웠다.

그랬는데, 다음 날 아침에 일어나 보니 거사님이 침대째 사라지고 없다. 아마도 중환자실로 옮겨간 듯싶다.

맞은편 좌측에는 만성 골수암 환자와 그를 간호하는 어머니가 함께 있다.

한번 입원하면 며칠씩 걸린다는 항암치료를 벌써 19년간이나 받고 있다고 한다.

낼모레가 서른다섯 살 생일이라니, 중학교 3학년인 열여섯 살에 발병되어 지금까지 치료받으며 중년의 총각이 되었다는 말이다.

환갑이 다 된 모친은 어렵게 살아온 풍상의 흔적이 얼굴에 배어있다. 입담이 걸쭉하여 여장부다운 느낌인데, 오래 다니다 보니 병동의 온 동네 반장 같은 인물이 되었다.

다행히 최근에 병의 증상이 전보다 많이 호전되어 며칠 후면 퇴원할 거란다.

그동안 아들에게 지극정성을 바쳐 온 어머니의 거룩한 희생이 헛되지 않고 보상받게 되어 다행이다 싶다.

내 왼쪽의 50대 중반 환자는 조직검사 결과 간암으로 판정되어 서울의 유명한 병원으로 옮겨 수술받을 예정이란다.

그런데도 담배를 끊지 못하겠는지, 환자복 차림으로 자주 어딘가 나가서 몰래 피우고 들어온다. 동네 반장인 맞은편 아주머니가 야단을 쳐도 막무가내다.

그의 작은아들이 와서 의사도 만나 보고 치료비 지급과 퇴원 절차를 밟고 있다.

그는 혼자 사는지, 전에 오밤중에 집안에서 쓰러졌을 때도 작은아들이 열쇠공 불러 문 따고 들어와 자기를 입원시켜 살았다며, 아들 자랑이 늘어진다.

그런데, 대기업에 다닌다는 큰아들은 일이 바쁜지 얼굴도 비치지 않는다.

가족이 뭔지, 아파서 병원에 입원해 보면 실감하게 되는 것 같다.

짝이 된 남녀가 결혼하여 가정을 이루고, 자식을 낳아 기르면서 가족이 생기는데, 늘 함께하는 임의로운 존재라서 나는 별다른 관심을 두지 않고 지내왔다.

그러나 이렇게 중환자로 입원하여 다른 환자 가족들의 면면을 살펴보게 되면서 내 가족의 소중함을 새삼 깨닫게 되었다.

평소에 무심했던 가족으로부터 어쩌면 당연하다고 생각했을 헌혈이라는 도움을 막상 받고 보니, 두 며느리는 물론이고 아들에게도 새삼 감사한 마음이 든다.

하루라도 빨리 완치되어, 이제부터는 소중한 내 가족에게 더는 걱정 끼치는 일이 생기지 않도록, 건강에 각별히 유의하며 살아야겠다는 각오를 다지게 된다.

(2020년 4월 어느 날)

『문예감성』 2022년 여름호

노부부

 칠순을 바라보는 나이에 덜컥 대장암에 걸리고 말았다.

 젊었던 시절에 술 담배를 즐기다 보니 위십이지장궤양을 얻어 가끔 구토와 함께 토혈도 했다.

 한 열흘 설사와 함께 하혈이 있어 치질인 줄 알고 항문외과에 들렀는데, 검사 결과 의외로 대장암 3기라는 판정을 받았고, 급기야 주거지인 시흥 시의 종합병원에서 10cm 정도의 대장 절제 수술을 받았다.

 수술은 잘 되었지만, 퇴원 후 1주일쯤 지나서부터 인천의 모 대학병 원에 가서 항암치료를 받아야 했다.

항암치료는 수술 후에도 대장에 남아있을 암세포가 간이나 폐 등 다른 장기로 전이되는 것을 막기 위해 항암제를 정맥주사로 혈관에 주입하는 치료다.

한번 주사 맞는 시간이 연속 50시간이므로 2박 3일간 입원해야 하고, 별 이상 증상이 없으면 퇴원 2주일 후에 다시 입원해서 2차 치료를 받는다.

이렇게 모두 열두 번(24주, 6개월)의 치료를 받은 후 전이가 없으면 완치 판정을 받게 된다.

대학병원 항암센터동 6인실에 입원했는데, 내 침상 좌우와 통로 건너편 세 개의 침상에도 환자가 입원해 있었다.

커튼으로만 가려져 구분된 침상이라 어디서든 작은 소리로 말을 해도 다 들린다.

입원 첫날 밤에 우측 침상과 건너편 두 군데서 들려오는 신음 때문에 한숨도 못 자고 날밤을 새웠다.

다음 날 낮에 보니 우측 침상에는 팔순의 노인이 입원해 있는데, 부인인 할머니도 함께 기거하며 병구완을 하고 있다.

할아버지는 기골이 장대하고 얼굴도 훤해서 얼핏 보면 전혀 환자 같지 않고 무슨 고위층 현역 공무원으로 보일 정도다.

할머니는 아주 왜소한 체격이지만 곱게 늙은 얼굴에 잔잔한 미소를 머금고 있다.

휴게실에서 만나 얘기를 나누다 보니 두 분의 과거를 조금은 알게 되었다.

고향이 전북 전주이며 할머니가 한 살 많은데, 할아버지가 스무 살 때 연애 결혼했고 지금 81세와 82세라고 한다.

전주 시내 시장에서 젊은 부부가 이것저것 다 파는 소위 만물상회를 해서 상당한 돈을 벌었고, 어쩌다 큰돈을 날려보기도 했단다.

지금은 2남 3녀의 자식들도 다 잘살고 있어서, 손주들 재롱이나 보며 여생을 즐기려고 했는데 이리됐다며 몹시 아쉬워했다.

췌장암 수술을 했고 지금 다섯 번째 항암치료를 받는 중이라고 한다 (췌장암은 생존율이 매우 낮음).

나는 결혼 45년인데, 노부부가 저렇게 60년이 넘도록 다정히 해로하는 모습이 너무나 보기 좋아서 매우 안타까웠다.

둘째 날 밤에는 몹시 아파하더니, 다음 날 정신과 의사가 와서 "여기가 어디예요?" "우리나라 대통령이 누구예요?"라는 등 정신이상을 감정하는 소리가 들렸다.

아마도 통증에 시달리다가 정신이 오락가락하게 된 것 같았다.

나는 먼저 퇴원했고, 가끔 그 할아버지가 어찌 됐을지 몹시 궁금했다.

그리고 2주일 후에 2차 항암치료를 받으러 다시 입원해서 다른 입원실(5인실)에 배치되었다.

전체 50시간 주사 중에 처음 두 시간은 항암제, 다음 두 시간은 해독제를 주입해보고, 이상이 없으면 본격적으로 46시간 연속 항암제 주사를 맞게 된다.

연속 주사를 두 시간 정도 맞다가 갑갑하여, 주사액 비닐봉지가 매달린 폴대를 밀고 휴게실로 향했다. 간호사 몇 명은 얼굴이 익어서 눈인사하고 지나쳤다.

그런데, 저만치 휴게실 입구에서 나란히 걸어오는 낯익은 모습이 보였다.

바로 그 할아버지 노부부다.

'아, 별일은 없었구나. 다행이다' 싶어 빠른 걸음으로 다가갔다.

코로나 19 마스크를 벗고,

"안녕하세요? 잘 지내셨군요." 인사를 했더니, 노부부는 금세 나를 알아보고

"아, 또 오셨네." 하며 무척 반갑게 맞이했다.

할아버지 병환이 차도가 있어서 두 분이 더 오래 다정한 모습을 보였으면 참 좋겠다 싶었다.

나는 주사 맞는 게 점점 힘들어져 이틀 동안은 내내 침상에 누워있다가 퇴원했다.

그 뒤에도 2주일마다 3차와 4차 항암치료를 받았는데, 노부부는 눈에 띄지 않았다.

나하고 치료 날짜가 달라서 함께 입원하지 않을 수도 있을 것이다.

노부부의 안부가 궁금했지만, 이름을 몰라서 간호사에게 물어볼 수가 없었다.

다시 2주 후에 다섯 번째로 입원했는데, 마침 전에 휴게실에서 노부부와 얘기를 나눌 때 옆에 있었던 요양보호사를 만나서 물어봤다.

"저기요, 두어 달 전에 15호실에 입원했던 노부부 기억하시죠? 할아버지가 팔순 넘으셨고, 췌장암이었는데…"

그러자 요양보호사가 나를 빤히 쳐다보더니 기억이 나는지,

"아, 그분이요? 음… 얼마 전에 돌아가셨어요. 편하게 가셨습니다."

라며 안타까운 표정을 지었다.

"아, 그러셨군요! 그래도, 곱게 가셨군요."

나는 달리 뭐라고 할 말을 잊었다.

두 분 노부부 인생의 마지막 장이 이렇게 끝나는구나 싶으면서 혼자 남은 할머니의 앞날이 걱정되었다.

산다는 게 뭔지.

(2020년 6월 어느 날)

옥구공원 무궁화동산

말복이 지난 어느 날 아내와 함께 집 근처의 '옥구공원'을 찾았다. 천천히 걸으면 집에서 30분 정도의 거리라 아내는 매일 아침 식사를 마치면 와서 한 시간쯤 운동한다. 나는 가끔 마음이 내킬 때나 따라오는데, 주로 계절이 바뀌는 봄이나 가을에 와보고 한여름 땡볕에는 거의 오지 않는다.

인조 잔디 축구장과 농구장도 있는 공원을 지나서 해발 95m의 가파른 '옥구봉'을 관목 가지 젖히고 돌부리를 밟으며 10여 분 오르면, 꼭대기에 있는 '옥구정' 큼직한 정자가 지친 몸을 반갑게 맞이한다.
보통 때는 이 등산로를 오르내리는데 오늘은 너무 더워서, 등산로 입구를 지나 완만한 오르막이 없는지 찾아보았다.

산자락을 따라 100m쯤 걸어가자, 산으로 오르는 제법 넓고 완만한 시멘트 길이 나타나고 대문처럼 기둥을 세운 입구에 '무궁화동산'이라는 현판이 붙어있다.

동산 입구 좌우에 키를 두 배도 넘는 무궁화나무가 여러 그루 서 있고, 새파란 잎사귀 사이로 손바닥만 한 무궁화꽃이 잔뜩 달라붙어, 청초하면서도 화사한 하얀 꽃잎을 수줍게 펼치며 만개해 있다. 아주 오래전부터 이곳에 자생하고 있었던 모양이다.

"여보, 여기에 좋은 데가 있었구
먼! 무궁화동산이라는데, 허허."
"그러게요, 이런 좋은 곳이 있는
줄 몰랐네요. 무궁화나무가 크니까
무궁화꽃도 참 보기가 좋네요. 작
은 나무는 별로였는데."

산책로 양쪽으로는 심은 지 얼마
안 돼 보이는 턱 높이의 무궁화나
무들이 촘촘히 늘어서 있다. 키는
작아도 흰색과 자주색, 붉은색 단심이 섞인 여러 종류의 무궁화 꽃송이
가 순박하면서도 화려한 자태를 뽐내며 탐스럽게 피어있는 모습이 그렇
게 보기 좋을 수가 없다.

환갑도 지난 초등학교 동기동창인 우리 내외는 어느새 손을 붙잡고
아이들처럼 흔들며, 모처럼 만에 다정했던 어린 시절로 돌아가 티 없는
동심에 흠뻑 젖는다.

"무궁화꽃이 피었습니다, 하고 술래잡기할 때가 참 좋았지?"
"그러게요. 엊그제 같은데 벌써 노인네가 되었네요. 술래잡기 한번
할래요? 가위바위보부터 합시다. 호호."
아내가 장난스럽게 주먹 쥔 손을 들어 올린다.

"노망들었다고 흉보면 어쩌려고? 저~기 사람들이 내려오는 고만! 허허."

가위바위보는 안 했지만 나는 어느새 상고머리의 어린 술래가 되어 손으로 눈을 가린 채 나무에 기대서서 '무궁화꽃이 피었습니다'를 하고, 단발머리 소녀가 된 아내는 무궁화나무 뒤에 쪼그려 앉아 숨어서 치맛자락을 보인다.

"꼭꼭, 숨어~라. 치맛자락 보인~다."
장난을 치며 조금 올라가니 왼편 쉼터에 커다란 안내판이 설치되어 있다.

"아하, 무궁화가 영어로, 로즈 오브 샤론Rose of Sharon이라네. 성스럽고 선택받은 곳에서 피어나는 아름다운 꽃이라는구먼."
"그러네요. 독립문 선축 기념행사 때 '무궁화 삼천리 화려강산'이라는 말이 처음 사용됐대요."

그림도 곁들인 안내판에는 무궁화에 대한 상세한 설명이 기술되어 있었다. 원산지는 우리나라 서해안 지방과 중국 랴오둥 반도로, 꽃이 아름답고 추위에 강해 세계적으로 널리 심고 있다. 높이 3~5m까지 자라는 낙엽활엽수 종으로 병충해에 강한 생명력 있는 나무다. 꽃은 7~8월 사이(약 100일간)에 계속해서 피고 지며 8월이 절정이다.

"한 송이 꽃은 아침에 일찍 피었다가 해가 지면 떨어진다네? 나는 한 송이가 뒷날 다시 피는 줄 알았더니 그게 아닌가 보네!"

"오매나~ 그럼 백일동안 한 그루에 몇 송이가 피고 지는 거래요? 세상에, 천 송이, 만 송이도 피겠네요! 저 큰 나무는."

무궁화는 목근화, 천지화라고도 부르고, 200여 품종 중에 우리 고유 품종은 70여 종이다. 꽃잎의 색과 중심부의 단심(붉은색) 유무에 따라 크게 세 종류로 분류되는데, 배달계(중심부에 단심이 없는 순백색의 꽃), 아사달계(중심부에 단심이 있으며 백색의 꽃잎에도 붉은 무늬가 있음), 단심계(중심부에 단심이 있고 꽃잎이 백색, 적색, 청색인 계열)로 단심계는 다시 백단심계, 홍단심계, 청단심계로 세분된다.

또한, 꽃잎이 다섯 개이면 홑꽃이고, 안쪽에 별도의 작은 꽃잎이 추가로 있으면 겹꽃으로 불린다.

동양 최고의 지리서인 산해경에 '군자국에는 무궁화가 아침에 피고 저녁에 진다'라고 기록되어 있어, 예로부터 우리나라는 무궁화가 많은 곳이란 뜻으로 '근역', 또는 '근화향'이라고 불렸다 하니, 참으로 가슴 뿌듯한 일이 아닐 수 없다.

우리 민족의 근면성과 순결, 강인함이 무궁화의 생태적인 특성과 유사해서 은연중에 나라꽃으로 자리매김한 것은 매우 다행한 일이다. 일본의 벚꽃, 중국의 국화와 견주어 본다면 우리의 무궁화는 얼마나 훌륭한 나라꽃인가?

8월 땡볕에 땀방울은 송골송골 맺혀 흘러내렸지만, 무궁화동산 산책길을 따라 산 중턱까지 갔다가 아내와 함께 돌아오는 발걸음은 여느 때와는 달리 상쾌하였다.

"길가의 가로수를 모두 무궁화로 바꿔버리면 안 될까? 허허."
"국회의원 출마하세요. 한 표 찍을게요. 호호."

모든 학교, 관공서, 아파트 단지의 화단이나 울타리에 거목이 된 무궁화나무가 빽빽이 들어선 모습을 상상해보며 그런 날이 올 수 있기를 염원해 본다.

『문예감성』 2015년 가을호

무궁화 연작 시조

1. 개천의 꽃

하늘이 열리기 전 너 먼저 피었던가
순결한 다섯 꽃잎 청초하게 펼쳐 피어
선홍의 잉태한 흔적 선명하게 새겼네

아침에 피었다가 저녁에 떨어지고
백일 간 붉은 태양 백송이 꽃 열매 맺혀
한 뿌리 싹 틔운 나무 번성하여 이었네

삼천리 백두대간 뿌리로 뻗어 내려
백 년 수 백팔번뇌 오랜 풍상 아로새겨
한반도 내 나라 역사 무궁하게 남겼네

2. 나라의 꽃

배달계 긴 세월을 험한 길 헤쳐 살며
한 깊은 푸른 멍에 피눈물이 배어들어
아사달 단심 홑 겹꽃 다양한 손 남겼네

목근화 천지화로 화려한 금수강산
지리서 산해경에 군자 나라 이름 올려
순박한 민족의 정신 온 천지에 날렸네

어릴 적 술래잡기 네 이름 불러 세던
아이들 성장해서 이 나라 짊어지네
온 겨레 네 이름 따라 끝 모르게 커 가리

3. 기적의 꽃

순수한 너를 닮아 백의의 민족인가
수많은 외세 침탈 한 몸 되어 물리치고
강인한 네 근성 닮아 이 나라를 지켰네

한마음 뿌리 되어 이룩한 우리 강토
맨손과 땀방울로 신흥강국 이루었네
폐허의 잿더미 위에 우뚝 솟은 내 나라

다섯 잎 문양 달고 오대양 육대주를
한강의 기적이라 온 세상 놀라더니
나라꽃 네 이름처럼 영원토록 빛나리

전국노래자랑

　그 무덥던 여름의 끝자락을 큼직한 태풍이 휩쓸고 지나가자 선선한 가을을 맞은 각종 행사가 전국에서 열리기 시작했다.

　추석 연휴를 막 지난 금요일 오후, 산책과 운동을 하러 나갔던 아내가 돌아와 웃으면서 물었다.

　"노래자랑 대회가 열리던데 당신 한번 나가 볼래요?"

　"어디서 여는 건데?"

　"내가 현수막을 찍어 왔어요."

　아내는 핸드폰을 열어 저장된 사진을 보여줬다.

　대충 훑어보니 이웃한 동의 주민센터에서 주최하는 동네 페스티벌이다.

　주말 오후와 저녁나절에 차량이 다니는 도로를 막아 먹거리 장터를 만들고 노래자랑대회를 개최하여 주민들의 친목을 도모하는 동네잔치다.

　내가 사는 경기도 S시의 인구는 40만 명 정도인데 주민센터는 17개가 있다.

　2년 전에는 번화가가 있는 인근의 다른 주민센터에서 개최한 유사한 페스티벌인 '로데오거리 노래자랑대회'가 열린 적이 있다.

　그때 나는 그 노래자랑대회에 신청하여 예선을 통과하고 12명이 참가하는 본선 무대까지 올라갔다.

　주민센터 강당에서 열린 예선에는 백여 명이 참가했는데, 나는 가수나OO 씨가 부른 '영영'이라는 노래를 불렀다.

시내버스가 다니는 왕복 4차선 도로를 막아놓고 주민 수천 명이 참석한 행사 당일의 본선 무대에서는 홍OO 가수가 부른 '황제를 위하여'로 선전했는데, 상금을 수십만 원씩 주는 4위 이내에는 들지 못하고 몇만 원짜리 참가상 티켓만 받았다.

"이거 지난번 대회랑 비슷한 거잖아? 안 할래!"

나는 고개를 저으며 피식 웃었다. 그때 괜히 실속도 없이 시간만 많이 낭비했던 기억이라 노래자랑대회에 다시 나갈 흥미가 사라졌기 때문이다.

그리고 볼일이 있어 혼자 집을 나섰는데, 아파트 건물 입구 게시판에 모 TV 방송국 '전국노래자랑' 사회자인 송해 선생이 활짝 웃고 있지 않은가?

자세히 보니 내가 사는 S시 편에 관한 안내장의 흑백 복사본이다. 등잔 밑이 어둡다고, 아내는 이걸 미처 못 봤던 모양이다.

'흠, 저거나 한번 나가 봐?'

보는 순간 솔깃했다. 동네 노래자랑과는 격이 다른 전국적으로 유명한 대회고, 본선에 진출만 해도 티브이 방송에 나오게 된다.

일정을 보니 오늘이 참가 신청 마감이고, 다음 주 목요일 예선전에 이어 이틀 뒤인 토요일에 본선이 열린다. 불과 몇 주일 뒤면 내가 티브이 화면에 나올 수도 있다는 말이다.

예선 참가자는 지난번 '로데오 거리'의 두서너 배쯤 될 거니까 예선 통과는 무난할 거고 티브이 방송 출연은 확실해 보인다.

'잘하면 장려상 정도는 받지 않을까?'라는 생각에 흐뭇한 미소까지 떠올랐다.

머릿속에는 나 혼자 출전한 것이 아니고 아내와 함께 듀엣으로 부르고 있었다.

곡목은 나의 18번 애창곡인 '외나무다리'를 부른 영화배우이자 가수인 고 최○○ 씨의 노래 중에 '단둘이 가봤으면'이란 곡이다.

첫 소절은 '흰 구름이 피어오른 수평선 저 너머로 그대와 단둘이서 가 보았으면'으로 시작된다.

아내와 대학 시절에 데이트할 때 가끔 부르곤 했는데, 아내는 중간중간에 끼어들며 하모니를 맞춰준다.

아내는 초등학교 5, 6학년 때 같은 반이고 내가 반장일 때 부반장도 했다.

대학교도 같은 대학교 다른 학과를 나왔는데, 부모님이 연로하신 늦둥이 외동인 나는 졸업하자마자 스물세 살의 이른 나이에 결혼해서 지금까지 43년 넘게 살고 있다.

볼일을 마친 나는 곧장 주민센터에 들러 참가신청서를 접수했다.

접수하고 오면서 예선 통과하면 자식들에게 연락해서 플래카드를 준비시켜야겠다는 생각도 했다.

어쩌면 내 자식, 며느리들과 예쁘고 영민한 손녀가 티브이에 얼굴을 비칠 수 있을지도 모른다는 생각에 잘난 아비의 어깨까지 우쭐거려졌다.

　일주일 뒤 나는 모 TV 방송국이 주최한 '전국노래자랑' 예선을 가뿐히 통과해서 열댓 명이 참가한 본선 무대에 진출했고 구순이 넘은 사회자 송해 선생과 인터뷰를 했다.

　"아하, 이런 기특한 부부도 다 있군요! 자제분은 몇이나 있어요?"

　"아들 둘에 며느리 둘이고, 초등 4학년에 다니는 손녀가 있습니다."

　"혹시 응원하러 나왔어요?"

　"예. 저~기, 전부 나와서 플래카드 흔들고 있네요."

　자랑스럽게 대답한 나는 가족의 응원 속에 아내를 쳐다봐 가면서,

　"하얀 돛단배 타고 물새들 앞세우고, 아무도 살지 않는 작은 섬을 찾아서…"

　신청곡 '단둘이 가봤으면'을 닭살 돋게 잘 불렀다.

　노래가 끝나자 송해 선생은 다시,

　"초등학교 동창끼리 캠퍼스 커플로 결혼하고 40년 넘게 살면서 이렇게 다정히 노래 부르는 모습, 정말 보기 좋지요? 여러분, 큰 박수 보내주세요~!"

　라며 우리를 격려해줬다.

　심사 결과 장려상을 기대했던 우리는 과분하게도 우수상을 받았고, 친인척과 지인들의 축하 전화를 받느라 한동안 바빴다.

　이상 글로 쓴 것처럼 잘 살아온 내 인생을 실컷 자랑하고 싶었는데,

나는 예선전 당일 지정된 장소에 나가지 않았다.

막상 집에 와서 곰곰 생각해 봤더니, 내가 아직도 철이 덜 든 유치한 이삼십 대로 여겨졌기 때문이다.

남의 이목이나 받고 희희낙락하는 과시욕에 찌든 철부지 말이다.

이제 60대 후반이 됐으면서 아직도 그런 천둥벌거숭이 짓거리에 빠져있으니 참으로 한심하다는 생각에 얼굴이 화끈거렸다.

나는 이 세상 크고 작은 문제의 대부분 원인은, 남보다 조금 나은 자신의 장점을 부각해 돋보이고자 하는, 인간의 부질없는 욕심 때문이라고 생각하고 있다.

그러면서도 한순간의 들뜬 마음을 자제하지 못하고 칠순七旬도 되기 전에 공자孔子 님 말씀처럼 종심소욕從心所欲해서 전국적인 큰일을 덜컥 저지르고 말았으니 불유구不踰矩하여 법도에 어긋나지 않을지는 몰라도 부끄러운 일임엔 분명하다.

자칫했으면 애먼 자식들까지 들러리로 세울 뻔했다.

두서너 주일 후 일요일 낮에 '전국노래자랑 S시 편'이 방영될 것 같은데, 가벼운 마음으로 느긋하게 지켜보면서 만약 출전했다면 몇 위쯤이나 됐을지 점수나 매겨 볼 참이다.

『문예감성』 2018년 가을호

제1 편집자

　나는 5년 전에 M문예지의 신인상 수필 부문에 당선되어 수필가로 등단하였고 그 문예지에 꾸준히 글을 써내고 있다.

　초기에 썼던 수필의 내용은 대부분 단둘이 사는 아내와 내게 일어난 일상의 사건이 모티브가 되어 전개되므로 항상 아내가 조연으로 등장한다. 아내는 대개 현모양처의 착한 이미지로 등장하지만 약간 맹한 모습을 보이기도 한다.

　해서, 특별한 경우가 아니면 원고를 사전에 아내에게 보이지 않고 보냈고, 책이 나오면 그때 읽어보게 했다. 그래서 어떤 때는 자기의 핸디캡이 너무 자세히 드러났다며 불만을 토로한 적도 있다.

　그 M종합문예지는 각 부문의 신인상만 공모하던 계간지였는데, 3년 전에 회원 중 한 분이 상금을 후원하겠다고 나서면서, 당선 상금이 있는 '소설문학상'을 제정하여 연례행사로 공모하게 되었다.

　외부에서 저명한 소설가 S씨를 초빙하여 심사위원에 위촉하였고, 문예지 가을호 출판기념식과 함께 '제1회 소설문학상' 시상식을 개최했다.

　소설문학상 당선자와 부문별 신인문학상 당선자에 대한 상패 수여식이 끝난 뒤에 심사위원 S 소설가의 간단한 축하 강연이 있었는데, 칠판에 쓴 제목이 '제1 편집자'였다.

　연설 내용을 요약해보면, 작가가 애써 새 작품을 집필하여 출판사나 공모전 주관사에 원고를 보내기 전에, 누군가 먼저 읽어보고 미흡한 부분을 지적하여 솔직하게 비평해줄 수 있는 사람이 주변에 있다면 아주 행운이라는 것이다.

그 사람은 첫 번째 독자인 동시에 명철한 조언자이자 선생이기도 한, '제1 편집자'가 되는 셈이라고 했다.

그때만 해도 내게 '편집자'는 '작가가 작성한 원고를 책으로 발간하는 과정에 종사하는 관계자' 정도로, 오타의 교정이나 페이지 배열을 맡는, 대수롭지 않은 사람으로 여겨져서 S 소설가의 말이 정확히 무슨 뜻인지 이해가 잘 안 됐다.

그로부터 2년쯤 지난 후에 어느 출판사로부터 만나자는 연락을 받았다. 당시 모 웹 소설 플랫폼에 SF 액션 장편 소설을 연재하고 있었는데, 관심이 있으니 출판에 관해 의논하자고 했다.

나는 반가워서 곧바로 수락했고, 다음 날 흥분된 가슴을 억누르며 주소지를 알려준 부천시의 D사로 찾아갔다. 생긴 지 3년쯤 된 응용소프트웨어 개발업체인 본사는 부산에 있고, 부천에는 콘텐츠 사업부가 있었다.

새로 준공한 테크노파크 건물의 7층에 올라가 통화했던 기획실장을 찾았더니, 30대 초반으로 보이는 새파란 나이의 인상 좋아 보이는 사람이 나와서 응접실로 안내했다.

간략히 인사를 나누고 자기 회사를 장황히 소개하더니, 기존에 출판된 책자를 보여줬다. 만화방에 보급하는 46판 크기의 무협 소설 시리즈로 5권 분량이었다.

"전체 5권 이상이어야 하고, 권당 25회 분량입니다. 회당 글자 수는 5천 자를 넘어야 합니다."

"아, 그래요? 5권에 권당 25회면 125회 이상이군요. 지금 등재된 105회 중에 5천 자 미만인 회차가 있는데, 회차별 글자 수 조정부터 하고 뒷부분 덜 쓴 20회 분량은 조속히 채우도록 하겠습니다."

"예. 125회차 이상 집필에 문제없다면 일단 계약은 125회로 하시지요. 그리고 회차 조정해서 수정된 원고를 보내주시면 저희 편집자가 검토하겠습니다."

"편집자요? 아, 따로 오탈자 수정을 하나 보군요. 그래 주시면 고맙죠."

실장은 할 일이 많으니까 다른 사람을 내 연락 전담자로 지정하는 줄로 이해했다.

잠시 후에 인터폰으로 어떤 사람을 불러 '편집자'라며 소개했는데, 이 친구는 20대 후반의 앳된 젊은이였다.

생글거리는 인상으로 보아, 책 표지나 삽화를 그리고 글의 배치와 편집을 맡은 출판 디자이너로서, 문학에 약간의 조예가 있거나 관심이 많은 청년으로 여겨졌다.

신생 회사라서 그런지 눈에 띄는 다른 직원들도 상당히 젊다는 인상을 받았고, 그 자리에서 계약서를 작성하여 바로 사인했다. 아래층까지 배웅 나온 두 사람과 함께 셋이서 내 핸드폰으로 기념사진도 찍고, 헤어진 후 신나서 콧노래를 부르며 돌아왔다.

며칠 후에 수정한 원고 10회 분량을 먼저 메일로 그 편집자에게 보냈더니 이틀 후에 메일 답신이 왔다.

그런데, 별첨으로 되돌아온 내 원고를 열어 읽어보고는 약간 놀라서 감탄했다.

단순히 오탈자를 확인한 게 아니고, 글을 완전히 숙독한 후에 문맥상 어설픈 부분을 지적하여, 변경했으면 좋겠다는 문구를 작성하고, 색깔을 달리 한 주석으로 달아두었다.

지적한 부분이 나도 미처 발견하지 못했던 부족한 내용이었고, 변경 요청 문구도 마음에 쏙 들어서 그대로 따랐다.

어떤 부분은, 친구 두 명이 만나 맥주 여섯 병을 얼른 마신 뒤 2차를 가다가 범행 용의자를 발견하고 차량을 몰아 뒤따르는 장면이 나오는데, 음주운전의 소지가 있다며 수정을 요구하기도 했다.

그제야 '편집자'의 위치가 무엇인지 알게 되었고, 전에 S 소설가가 말한 '제1 편집자'의 필요성을 새삼 깨닫게 되었다.

당장 "다른 글을 쓸 때도 저런 편집자가 내 곁에 있으면 얼마나 좋을까?" 싶었다.

간혹 문학 카페의 회원들끼리 글을 올려서 서로의 작품에 대해 평가하고 문제 부분을 지적해주는 '합평회'라는 방식을 보기도 한다.

그런데 잘 보았다는 댓글 정도만 달릴 뿐, 깊이 있는 지적과 비평은 거의 보이지 않는다.

각자 하루하루 시간에 쫓기며 바쁜 삶을 이어가는 인생이다. 자기의

글쓰기에도 바쁜데, 소중한 시간을 내어서 남의 글을 꼼꼼히 읽고 평가해 줄 여유가 과연 있을까?

오죽하면 '타임 이즈 머니, 시간은 돈이다'라는 격언이 있겠는가.

길이가 짧은 시나 시조면 모를까, 서너 페이지가 넘는 수필 이상의 긴 글이면 상당한 시간을 들여서 읽어야 한다.

합평회에 글을 올렸는데 비평해주는 사람이 너무 없다고 서운해할 일만은 아니다.

지기가 쓴 글을 반추하며 퇴고하는 일은 외롭고 힘든 과정이지만, 어차피 각자가 알아서 할 책무가 아니겠는가?

소설가 '헤밍웨이'는 "'노인과 바다'의 60%는 내가 썼고 40%는 편집자 '맥스 퍼킨스'가 썼다"라고 했단다. 그만큼 편집자의 역할이 중요하다는 얘기일 것이다.

공짜로 내 원고를 읽고 평가해줄 사람이 있다면 참 좋겠는데 언감생심, 꿈같은 희망이다.

그런데, 내게 그런 '제1 편집자'가 한 명 생겼다. 바로 내 아내이다.

문학소녀는 아니었지만, 소설책은 나보다 더 많이 읽었고, 제1 독자로서 내 글에 대해 자기의 느낌대로 솔직히 비평해줄 수 있는 유일한 사람이다.

물론 내 수필에 조연으로 등장하는 것에 대해 지금까지는 약간 부정적인 반응을 보였었다. 남들에게 집안 사정이 미주알고주알 노출되는 것에 대한 반감이었다.

그랬는데, 막상 D사에서 계약금이 통장으로 들어오자, 기꺼이 시간을 할애해서 내 글을 읽어주는 '제1 편집자'가 되겠다고 자원했다. 역시 '타임 이즈 머니'다.

요즘은 어딘가에 보낼 원고를 출력하여 연필과 함께 건네주면, 돋보기를 찾아 끼고 한참을 읽어보고는, 몇 군데에 자기 의견을 깨알같이 적어 돌려준다.

내 글에 대해 시작부터 관심을 두고 수시로 대화를 나누게 되니 전에 없이 더 다정한 부부가 되는 느낌이라 글 쓰는 즐거움이 배가 된다.

돼지 새끼 한 마리

장남의 외동딸이 초등학교를 졸업하게 되었다. 방글방글 웃으며 제 엄마 손잡고 입학하던 날이 엊그제 같은데 벌써 6년이란 시간이 흘렀나 보다.

내 후손의 맏이가 그 긴 세월 동안 무탈하게 소정의 과정을 잘 마치고 상급 학교로 진학하게 되었으니, 온 가족이 졸업식에 참석하여 기념사진을 찍을 심산이었다.

그런데, 6학년에 올라간 작년 연초부터 괴질 '코로나 19'가 극성을 부렸다. 사이버 가정 학습으로 새 학기를 시작하더니, 한 학기가 다 지나서야 겨우 일주일에 두세 번 학교에 나가서 정상적인 대면 수업을 받았다.

그러다 연말에 하루 감염 확진자가 1천 명을 넘어서는 '3차 대유행'이 시작되고 학교에는 다시 휴교령이 내려졌다. 전 세계적인 팬데믹으로 번지더니 급기야 졸업식도 집에 앉아서 비대면으로 하게 되었다.

담임 선생님이 호스트가 되고 학생들은 게스트가 되는데, 교장 선생님도 정해진 시간에 해당 학급의 '줌'에 게스트로 들어가 함께 졸업식을 치른다고 한다.

인사말과 축사 등이 끝나면 손뼉을 치고 웃으며 졸업식 노래를 부르는데, 유명한 그룹 015B(공일오비)의 국민 엔딩 송 '이젠 안녕'이 축가라고 한다.

그런 얘기를 듣자, 57년 전 내 국민학교 졸업식 장면이 떠올랐다. 강당에 모인 5학년 후배들이 "빛나는 졸업장을 타신 언니께, 꽃다발을 한아름 선사합니다. 물려받은 책으로…"라고 먼저 불렀다.

그러면 졸업생 6학년은 "잘 있거라 아우들아, 정든 교실아. 선생님 우리는 떠나갑니다…"라고 답가를 부르며 훌쩍훌쩍 눈물을 닦았다.

아울러 그때 졸업식을 회상하면 꼭 기억나는 다른 추억 하나가 더 있다. 바로 "돼지 새끼 한 마리"이다.

6년 개근상과 학업 성적 우등상, 교육장 상 등을 주고 나면 마지막으로 특별상인 국회의원상이 수여되었다.

공부는 매우 잘하지만, 집안 형편이 어려운 학생 한 명을 골라서 그지역 국회의원이 주는 상이었다.

그런데, 사회를 보는 선생님이 "부상은 돼지 새끼 한 마리!"라고 말하자 모든 학생이 까르르 웃었다.

상을 받는 김광휘라는 친구에게 격려의 손뼉을 치면서도, 터져 나오는 웃음을 참을 수가 없었다.

그로부터 37년이 흐른 2001년 5월에 우리 53회 졸업생이 주관 기가되어 모교에서 개교 106주년 한마음 큰 잔치 행사를 치렀다.

내가 다닌 진주(중안)초등학교는 1895년에 개교했는데, 경남에서 가장 오래된 초등학교로 꼽히고 있다.

내 아내가 5·6학년 같은 반이었고 나는 6학년 때 전교 어린이 회장을 지냈던 터라, 수원에 살던 우리 부부는 부득이 시간을 내어 함께 내려갔다.

행사 전날 밤에 졸업 후 처음 김광휘 그 친구를 만나 궁금했던 점을 물어봤다.

"너, 졸업식 때 돼지 새끼 한 마리 받았지?"

"응, 맞다. 기억하고 있네."

"그 돼지 새끼 키워서 많이 불렸더나?"

단도직입적인 질문에 당황한 광휘가 머뭇거리자, 다른 친구가 대신 대답했다.

"광휘 야는 지금 돼지는 둘째고, 소를 수백 마리나 키우는 갑부다. 흐흐."

"그래? 축하한다야. 너는 그럴 줄 알았다."

나는 진심으로 광휘 친구의 발전을 축하했다.

그날로부터 14년 후에 광휘는 당당히 진주 축협 조합장에 취임했다. 축산업에 종사하는 사람이 꿈꾸는 제일 높은 자리다.

졸업식 날 부싱으로 받은 돼지 새끼 한 마리로 시작한 소년의 원대한 꿈이 50여 년 만에 이뤄진 것이다.

내 손녀에게도 졸업 선물로 '돼지 새끼 한 마리' 같은 희망의 메시지를 전해야겠다 싶어, 연하장을 하나 샀다.

일간지에서 본 어떤 기사를 인터넷 신문에 들어가 연하장 속지 크기에 맞게 축소해 출력했다.

내용은 수를 세는 방법 중 말로 부르는 '명수법'인데, 억 단위 이상의 큰 수의 명칭이 설명되어 있다.

억 다음은 조 · 경 · 해 · 자 · 양 · 구 · 간 · 정 · 재 · 극 · 항하사 · 아승기 · 나유타 · 불가사의 · 무량수로 이어진다.

'항하사'는 갠지스강의 모래와 같은 엄청나게 큰 숫자이며, '무량수'는 10의 68승에 해당하는 그야말로 어마어마하게 큰 숫자이다.

연하장 안에 접어 넣고 속지에 다음과 같이 썼다.

"우리 착한 규리가 빛나는 졸업장을 받았구나. 축하해요."

아래 칸에는, "새봄에 중학생이 되면 국내 제일의 AI 교수가 될 멋진 대학생을 꿈꾸며 다시 6년간 노력하자꾸나. 할아버지가"라고 썼다.

작년 설에 언뜻 장래 희망에 관해 손녀에게 물었을 때, 제 아빠가 대신, "규리는 구글에 입사하겠대요"라며 자랑스럽게 대답했었다.

구글google사의 원래 이름은 구골googol이었는데 회사 이름을 등록하러 간 사람이 구골의 알파벳 철자를 잘못 쓰는 바람에 구글이 됐다고 한다.

'구골'은 1938년 미국의 수학자 에드워드 카스너의 아홉 살짜리 조카 밀턴이 "수를 쓸 때 손이 아파 더 쓸 수 없을 정도의 수로, 1 다음에 0이 100개가 있는 수"라고 대답했다는 일화가 있는, 이 세상에서 가장 큰 수의 명칭이다.

연하장에 쓴 내 뜻이 잘 전달된다면, '무량수'와 '구골'의 의미를 제대로 파악한 손녀가 10년 후에 AI(인공지능) 학과를 졸업하고, 대학원 진학과 동시에 작은 회사를 하나 차릴 것이다.

구글 입사 대신 AI 관련 회사를 설립해 수만 명을 먹여 살리는 CEO
가 되기를 기대해 본다.

비록 손녀딸이라 후손이 족보에는 못 올라도, 세계사의 한 페이지에
남을 훌륭한 인물이 되려는 그 순간을 지켜보기 위해, 올해 칠순인 나
도 그때까지 건강하게 살아있도록 노력할 각오다.

『문예감성』 2021년 여름호

지하도 무뢰배

티브이 방송을 보는 중간중간 휴식 시간에 끔찍한 장면이 나온다.

비쩍 마르고 뼈만 앙상하게 남아 해골 같은 아프리카 어린애를 안아 보이며, 언제 죽을지도 모를 이 아이에게 온정의 손길을 보내 달라는 공익광고다.

다른 비슷한 광고에는 아프리카 어린이들이 양동이를 머리에 이거나 손에 들고 맨발로 십여 리 길을 걸어가서 흙탕물을 길어오는 모습을 소개하며 이들이 안심하고 먹을 수 있는 우물을 제공하자고 호소한다.

어떤 광고는 히말라야 산간 오지에서 수십 리의 험준한 길을 걸어 등·하교하는 아이들을 위해 학교를 지어주자고 하고, 또 어떤 광고는 지구 온난화로 인해 기온이 오르고 북극의 얼음이 녹아서 생존의 위기에 몰린 북극곰을 구해주자며 성금을 보내 달라고 간청한다.

한 달에 2만 원 정도면 저런 안타까운 사정을 해소할 수 있을 것처럼 들린다. 장면마다 사정이 몹시 딱해 보이고 2만 원이면 그렇게 큰돈은 아니다 싶어 마음이 솔깃하게 동요하기도 한다.

그런데, 연예인까지 내세운 광고가 하도 자주 나오다 보니 '무슨 놈의 아프리카 애들까지 우리보고 도와달라는 건가?' 싶어,

"돈 많으면 니나 도와라, 아프리카!" 하는 반감이 생기기도 한다.

물론, 국내의 어느 할머니와 단둘이 사는 어린 소녀가 아픈 할머니를 걱정하는 애달픈 장면을 보여주거나, 유명 가수가 독거노인에게 도시락을 갖다 주며 동참을 호소하는 단체도 생겼다.

　그런 구호단체나 사회단체의 이름을 다 외울 수는 없지만, 얼핏 봐서 '유니세프'를 비롯해 열 개쯤은 되는 것 같다.

　며칠 전에 초등 6학년 손녀에게 줄 책을 사러 안산 시내에 들른 적이 있다. 가끔 신문에 난 신간 서적 중에 손녀가 읽을만한 것을 사 뒀다가 집에 오면 주는데, 내가 사는 시흥시에는 큰 서점이 없어서 전철을 타고 안산시 중앙역 근처의 D 서점에 가서 사 온다.

　전철역에 내려 지하도를 건너는데, 지하도 반대편 계단 아래에 청년 두 명이 서서 행인을 붙잡고 뭔가를 열심히 설명하고 있다.

　무슨 일인가 싶어 가까이 가서 살펴보니 '유니세프'에서 나온 20대 청년들이다.

　파지 줍는 할아버지와 단둘이 산다는 어느 남자 어린이 사진을 확대하여 큰 패널에 붙여 놓고 도움을 요청하고 있다.

　내가 걸음을 멈추고 관심을 보이자, 한 명이 와서 진지한 얼굴로 말을 걸었다.

　"안녕하세요? 하루에 칠백 원만 아끼시면 저런 OO이 같은 불쌍한 아이들을 도와줄 수 있습니다."

"하루에 칠백 원? 그러면, 한 달에 2만 원만 내면 되는 건가?"

"예, 그렇습니다."

"그럼 지금 2만 원 주고 가면 되는 거지?"

"네? 아, 그게… 여기 이 후원금 송금 계좌로 매월 2만 원씩 보내주시면 됩니다."

하면서 안내문과 계좌번호가 적힌 전단지를 보여줬다.

2만 원을 한 번만 내고 마는 게 아니라 매달, 계속 도와달라는 말이다.

'이런, 화적 보따리 털어먹을 무뢰한을 봤나!'

1년이면 24만 원. 칠순을 바라보는 내가 앞으로 10년을 더 산다면, 240만 원이나 되는 큰돈이다. 그 돈이면 내 손녀에게 매달 책을 사줘도 남겠다.

내가 은퇴 후 여생을 작가로 살겠다며 모 종합문예지 신인상에 응모하여 당선되면서 5년 동안 쓴 수필이 그럭저럭 30여 편이 된다.

내 남은 인생의 꿈은 개인 수필집을 발간하는 것인데, 그 비용이 200만 원 정도라 매달 받는 연금의 용돈을 아껴서 마련할 계획이다.

그러니, 저 가엾은 어린이를 도와주려면 내 수필집 출판의 꿈을 아예 접어야 한다.

"에이, 내 사정에 그렇게까지는 못하네. 미안하구먼. 수고들 하시게."

하며 시큰둥하게 돌아섰다.

책을 사고 오면서 보니까 대학생 같은 젊은 여자 두 명을 붙잡고 설득하고 있다.

'저렇게 두 명이 서서 온종일 몇 명이나 포섭할까?'

낮에는 봉급쟁이 직장인이 드물 데고, 저녁 시간대까지 열 시간쯤 노력해서 한 시간에 한 명꼴이면 하루에 10명, 한 달이면 300명이다.

1인당 2만 원씩 후원한다면 한 달에 600만 원이 모이는 셈이라 적은 돈은 아니다.

그런데, 저 청년들 식사비용과 일당을 합하면 1인당 한 달에 300만 원은 줘야 할 것 같다. 두 명이니까 모은 돈 600만 원 다 들어가지 않는가?

도대체 산술적 계산이 안 돼서 계속 도리질하며 집으로 돌아왔다.

내킨 김에 궁금하여 인터넷에서 '유니세프'에 대해 검색해봤더니 정기후원을 해야 하는 이유가 상세히 설명되어있다.

매년 어린이 590만 명이 다섯 살이 되기 전에 목숨을 잃는데, 적립된 정기후원금으로 자연재해, 전쟁 등 긴급상황 발생 즉시 아이들을 구할 수 있다고 한다.

또한, 교육을 통해서만 아이들이 올바르게 성장하고 자립할 수 있으며, 월 3만 원이면 매월 공책 80권, 연필 290자루를 전달하고 어린이들이 공부할 수 있는 시설을 지원할 수 있다고 한다. 맞는 말이라 당연히 공감이 간다.

그런데, 적자일 것 같은 후원금을 얼마나 모았나 살펴보니 놀라운 내용이 눈에 띄었다.

한국은 6·25 한국 전쟁이 터진 1950년부터 유니세프의 도움을 받다가, 1994년 '유니세프 한국위원회'가 설립되면서, 도움을 주는 나라로 탈바꿈한 유일한 국가라고 한다.

'유니세프 한국위원회'가 1994년부터 2018년까지 25년간 기부한 금액이 모두 8억 9,867만 달러(약 1조 원)로 이는 한국이 43년 동안 지원받았던 금액(총 2,300만 달러)의 39배에 달한다고 한다.

25년 동안 1조 원의 금액이 모이려면 1년에 약 400억 원인데, 한 달에 3만 원씩 계속 송금하는 후원자가 12만 명이 있으면, 월 36억 원으로 연간 432억 원이 된다.

12만 명은 내가 생각했던 것보다 그렇게 많은 인원은 아니다.

물론 10여 개 단체를 고려한 전체 후원자 숫자는 훨씬 많겠지만, 안산 지하도의 청년들처럼 전국에 흩어져 단체의 목적과 취지를 알리면서 티브이 광고도 병행한다면 상당한 후원자를 모집할 수는 있을 것 같다.

'한국위원회'가 유니세프 본부에 보내는 기부 금액이 34개 유니세프 국가위원회 중에서 미국과 일본에 이어 세 번째로 많다고 한다.

전쟁의 폐허 속에서 구호물자로 생계를 잇던 우리나라가 어느새 세계 10위권의 무역국이 되어, 한 해 국가 예산이 500조 원을 넘어섰으니 가능한 일이다 싶어 가슴이 다 뿌듯해진다.

물의를 빚은 모 단체와 같은 파렴치한 무뢰배 집단만 아니라면, 좋은 일을 벌이는 가상한 사람들의 헌신적인 노력에 격려의 박수를 보내고 싶다.

내 소원인 수필집 출간을 접어야 하니 고민했는네, 예상외로 좋은 일에 참여하는 분들이 많아서 천만다행이다.

나도 열심히 글을 써서 상금 있는 공모전에 응모하여 당선되면 그 상금으로 수필집을 내고, 용돈으로는 매달 송금하는 후원 계좌에 사인하여 하다못해 북극곰 새끼라도 한 마리 구하는 데 동참해볼까 싶다.

『문학의 봄』 2021년 봄호

노숙자 부부

매섭게 시리던 겨울 추위가 어느덧 끝나고 화창한 봄날을 맞은 3월 말이 되었다.

산과 들엔 벌써 진달래와 개나리가 활짝 피었고, 아파트 정원의 목련 나뭇가지도 아기 손 같은 우윳빛 꽃잎을 수줍게 펼치기 시작했다.

도심 대로변 화단의 갖가지 영산홍은 붉거나 하얀 꽃망울을 터뜨리려고 예쁜 자태를 서로 겨루며 뽐내고 있다.

점심을 먹고 나서 아내와 산보 삼아 꽤 먼 거리의 대형 마트에 찬거리를 사러 갔다. 봄볕에 15분 정도 걸었더니 등에 땀이 다 나려고 했다. 봄이 왔음을 실감하며 모처럼 즐거운 담소를 나눴다.

죽은 듯 얼어붙었던 미물이 긴 겨울을 견뎌내고 따사로운 기운에 꿈틀거리며 소생하는 봄에는 사람도 움츠렸던 몸을 풀고 새로운 삶의 의욕을 느끼게 된다.

그런데, 마트 근처 대로변의 광장 공원을 가로질러 가는데, 저만치 벤치에 남루한 차림의 남자가 웅크리고 앉아있는 게 보였다.

사각형의 채양 지붕 밑에 누워도 될 만큼 길쭉한 벤치 네 개가 둘러 놓인 곳이다. 얼핏 봐도 노숙자임이 분명하다. 그리고 그 벤치에서 광장을 지난 건너편 다른 벤치에 가방 등 짐꾸러미 여러 개도 보였다. 아마도 그 노숙자의 짐인 듯싶었다.

우리는 대화를 멈추고 못 본체 천천히 광장을 지나서 건너편 벤치에 이르렀다. 키 높이의 무성한 영산홍 나뭇가지에 가려져 잘 보이지 않는 으슥한 자리다.

그러자 벤치의 짐꾸러미 사이에, 숨다시피 돌아앉아 있는, 어떤 여자의 머리가 나타났다. 모자 안 쓴 단발머리 스타일로 40대 후반쯤으로 보이는데, 옆모습은 무표정했다.

"둘이 부부인가 보네." 얼른 지나쳐서 나는 조용히 속삭였다.

"아닐 것 같은데요. 저리되면 여자가 벌써 헤어졌겠죠." 아내는 강하게 도리질했다.

뭐라고 반대의견을 펼치려던 나는 뭔가 심상찮은 낌새를 차리고 그만뒀다.

나는 40대 중반에 어렵게 사업하다 집을 날리고, 아버님과 두 아들을 포함한 다섯 식구가 1년 이상 뿔뿔이 흩어져 지낸 적이 있다.

만약 그때 아내가 군소리 없이 내 곁을 지켜주지 않았더라면, 오늘 우리 가족이 어찌 되어 있을지, 생각만 해도 끔찍하다.

마트에서 간편한 식자재를 산 우리는 무심결에 동의라도 한 듯 광장을 비켜 다른 길로 둘러서 집으로 왔다.

그러나 머릿속에는 그 부부로 보이는 두 노숙자 모습이 떠나지 않았다.

다음날 마침 당뇨 정기 진찰이 있어 병원에 간 김에 멀지 않은 곳이라 일부러 그 광장 공원에 들러봤다.

대여섯 개의 짐꾸러미 옆에 남자는 그대로 있고 여자가 보이지 않았다. 가방 하나쯤이 줄어든 듯도 싶다.

부부가 확실해 보이는데, 어디 볼일이 있어 잠시 자리를 떴는지도 모르겠다. 화장실은 빤히 보이는 도로변 은행 건물의 바깥, 길가에 입구가 별도로 있어 아무나 드나들 수 있다.

무슨 사정이 있는지는 몰라도 저렇게 거지꼴이 되었는데도 헤어지지 않고 둘이 함께하는 모습이 보기 좋아서 뭐든 도와주고 싶은 마음이 동했다.

지갑에 돈은 10여만 원 있지만 그걸 다 줄 수는 없고, 뭔가 도울 게 없나 생각하다 문득 건빵이 떠올랐다. 내가 글 쓸 때 먹는 주전부리인 보리건빵인데, 한 봉지에 50개 들어있고, 세 봉지 한 묶음에 천 원밖에 안 한다.

다음 날 오후 아내가 없을 때, 건빵 세 봉지를 사서 점퍼 주머니에 넣고 그 광장 공원으로 갔다. 밥이 어중간할 때 간식으로 먹기에 좋고 무척 싸다고 알려줄 참이었다.

벤치에 그 남자만 있는데 마침 점심을 먹고 있었다. 가까이 가서 보니 일회용 포장 백반에 반찬은 참치캔뿐이다.

내가 다가가자 남자는 잔뜩 못마땅한 얼굴로 올려다봤다. 덥수룩한 수염에 희끗희끗한 머릿결로 미루어 오십 대 후반은 족히 되어 보였다.

나는 주머니에서 건빵 세 봉지를 꺼내어 내밀었다.

"이거 건빵인데 세 봉지에 천 원이에요. 슈퍼에서 팝니다."

남자는 뜨악한 표정으로 나를 노려봤다.

'아무리 거지같이 보여도 그렇지. 남 밥 먹는데, 와서 건빵이 뭐냐?' 는 것 같다.

나는 미리 접어서 주머니에 넣어둔 만 원짜리 한 장과 천 원짜리 일곱 장을 꺼내어 건네줬다.

"이건 얼마 안 되지만…."

남자는 눈이 휘둥그레지며 얼른 포크를 놓고 일어서서 두 손으로 조심스레 받았다.

"아이고, 감사합니다. 저도 곧 고시원에 들어갈 겁니다. 무슨 일이든 찾아봐야지요."

허리 굽혀 감사를 표하는 노숙인의 표정이 무척 밝았다.

보증금 없이 월세 20만 원만 내면 공동 샤워실과 화장실이 갖춰진 두어 평 남짓한 고시원 쪽방을 얻을 수 있다.

머잖아 일자리가 생기고 부부는 헤어지지 않아도 되리란 예감이 스쳤다.

소생하는 나무엔 단비가 필요하다.

손이 다시 바지 주머니 지갑으로 갔다. 오만 원권 두 장이 들어있다.

호박죽

집 근처 종합병원에서 대장암 3기 수술을 받고 퇴원한 지 열흘 만에 인천의 모 대학병원에서 항암치료를 받게 되었다.

항암치료는 수술 부위에 남아있는 암세포가 간이나 폐 등의 다른 장기로 전이되는 것을 막기 위해 항암제를 주사기로 주입하는 치료 방법이다.

항암제를 50시간 연속하여 주사하므로 최소한 2박 3일간은 입원해야하며, 이런 치료를 2주마다 총 12회(24주간, 6개월)를 받은 후에 전이가 없으면 완치 판정이 내려진다.

인터넷에서 항암치료 체험기를 살펴봤더니, 항암제 주사를 맞게 되면 손발이 저리고 구토가 나며 식욕이 떨어지는 등 부작용이 생기는데, 그럴수록 음식을 제대로 먹어야 버텨낼 수 있다고 했다.

항암 치료 차 대학병원에 입원한 둘째 날 식욕이 떨어져서 환자복 차림으로 매점이 있는 지하층을 둘러보다가 죽 전문점에서 소고기 야채죽을 시켜 먹었다.

환자 외에도 병문안하러 온 가족 여러 명이 식사하고 있는데, 어떤 환자복 차림의 80대 할머니 옆에 아들로 보이는 50대의 신사가 앉고, 맞은편에 수수한 옷차림새의 딸 같은 두 여인이 내게 뒷모습을 보인 채

앉아 있다.

아들과 딸들은 각자 죽을 먹고 있고, 할머니는 죽 그릇 없이 피곤한 표정으로 멍하니 앉아 있다.

"엄마, 이것도 못 먹어? 안 넘어가?"

딸 중에 나이 많아 보이는 여인이 자기가 먹는 죽 숟가락을 들어 보이며 물었다. 그러나 할머니는 관심 없다는 듯 멀뚱히 바라만 본다.

"병원에서 나오는 음식은 먹을 만해? 괜찮아?"

둘째 딸도 물어보지만, 할머니는 여전히 무덤덤한 표정만 짓고 아무런 대답이 없다.

아들은 말없이 할머니를 힐끔거려 보면서 자기 죽만 부지런히 먹는다.

'혹시 자식들도 몰라보는 치매 노인인가?' 나는 속으로 그래서 아무런 대답을 안 하는 거로 생각했다.

입원이 치매 때문은 아닐 테고, 무슨 다른 병에 걸려서 입원했는지는 모르겠지만, 가족들이 참 답답하셨다 싶어 안쓰러운 생각이 들었다.

그래도 이왕 문병을 왔으면 할머니가 드실만한 음식부터 챙기고 나서 자기들 식사를 하는 게 옳지 않겠나 싶어 관심을 두고 눈여겨봤다.

그런데 잠시 후에 어떤 양장 차림의 아주머니가 들어오자 아들이 일어나서 "늦었네?" 하면서 죽그릇을 들고 옆자리로 옮겼다.

그 여인은 선 채로 할머니에게 "어머니, 내가 누군지 알겠어요? 알아보겠어요?"하고 웃으며 말했지만, 할머니는 잠깐 쳐다만 보고 말없이 고개를 돌렸다. 치매임이 분명하고 여인은 며느리인 것 같다.

며느리가 자리에 앉더니 시누이들의 죽그릇을 훑어보고는 "어머니 좀 드셨어요?" 하고 물었다.

시누이들이 "안 드셔요." 하자, 고개를 끄덕이더니 자기가 먹을 단팥죽을 주문하고는 할머니에게 살갑게 굴면서 시누이들과 몇 마디 얘기를 나누었다.

분위기로 짐작건대 며느리가 시어머니를 모시고 살며, 살림 형편이 덜한 딸들은 평소에 어머니를 제대로 챙기지 못한 듯싶다.

역시 어머니를 직접 모시고 사는 당당한 며느리의 발언권이 관계상 일반적으로 어렵게 대해야 할 시누이들보다 더 세어 보인다.

잠시 후 단팥죽이 나오자 며느리가 숟가락으로 조금 떠서 입으로 후후 불더니 "어머니, 단팥죽 좀 잡숴보세요." 하며 왼손으로 할머니 머리를 받치고 입에 갖다 대었다.

며느리 딴엔 시누이들이 먹는 죽이 할머니 입에 안 맞아서 못 잡순 거로 보고, 일부러 단팥죽을 시킨 것 같다.

할머니는 도리질하다 며느리가 억지로 입에 넣자 멈췄고, 입술로 조금 핥아서 먹더니 도로 입을 뗐다.

며느리가 다시 시도했지만, 할머니는 계속 거부하며 고개를 돌렸다.

나는 속으로 아무래도 할머니가 병환 때문에 식욕을 완전히 잃은 게 아닌가 싶어 안타까웠다.

아무리 달착지근한 단팥죽이라도 식욕이 없으면 쓴 소태나 마찬가지다.

그런데 그때, 죽집 주인아주머니가

"이걸 한번 권해보세요. 호박죽이에요."

하며 죽그릇을 들고 와서 식탁에 놓고 갔다.

유심히 지켜보던 50대 주인아주머니가 경험상 내린 방안인 것 같다.

그런데 놀랍게도, 할머니는 며느리가 떠서 주는 호박죽을 받아먹더니, 조금 있다가 숟가락을 뺏어 직접 든 채 조금씩 떠서 잡숫는 게 아닌가?

할머니가 호박죽을 먹도록 움직인 놀라운 힘은 도대체 뭘까?

나는 아직도 그 상황을 정확히 파악하고 설명할 명쾌한 결론을 내리지 못했다. 다만 나름대로 내린 어설픈 추론은 한 가지 있다.

옛날 할머니의 가난하고 배고팠던 젊은 새색시 시절에 제일 많이 해먹었던 죽이 호박죽이었고, 그때 물리도록 먹었던 호박죽 맛이 기억 세포 깊숙한 곳에 남아있다가 아련한 추억으로 되살아나 오히려 입맛을 돋웠을 거란 생각이다.

팔순인 할머니의 새색시 무렵이면, 지금으로부터 60여 년 전이고 1960년대 초반인데, 6·25 전쟁을 3년간이나 겪고 난 몇 년 후라 먹을 것도 구하기 어려운 피폐한 나라가 되었던 시절이다.

그 당시 시골의 가난한 집 여식들은 초등학교만 겨우 나와서 힘쓰는 농사일 대신 빨래, 청소, 밥 짓기 등 집안일이나 거들며 시집갈 때까지 밥이나 축내는 식충이 같은 존재에 불과했다.

그래서 부모들은 입 한술이라도 덜기 위해 딸자식을 도시의 부잣집에 식모라 불리던 가정부로 내보냈다. 딸년은 삼시 세끼 배곯지 않아 좋고, 부모는 약간의 월급도 받을 수 있어서 일석이조나 마찬가지였던 셈이다.

그러던 시절이니 시골에서 가난한 집에 태어나 역시 가난한 시댁에 시집이라도 가게 되면, 새색시는 하루 세끼 챙겨 먹어야 할, 끼니 걱정에 빈 쌀통을 한숨으로 채웠을 것이다.

여름철에는 보리밥 한 덩어리를 물에 꾹꾹 말아 풋고추와 된장만으로 후루룩 비워 먹었고, 초가지붕과 담장 위에서 큼직하고 누렇게 익은 호박을 따서 고방에 넣어두고, 긴긴 겨울철 여러 끼니를 밥 대신 호박죽으로 연명했을지도 모른다.

그 알싸하고 지겨웠을 새색시 시절의 음식 맛이 새록새록 되살아났던 것일까?

생활이 풍족해진 요즘엔 모르긴 해도 직접 밥 짓고 반찬 만들어 밥상 차리는 새색시가 그리 많지는 않을 것으로 보인다.

반찬도 여러 가지 골고루 사서 냉장고에 넣어두고, 국거리도 포장된 채로 사다 끓이기만 하면 되고, 쌀만 씻어서 전기밥솥에 넣고 버튼만 누르면 되는 세상이다.

남아도는 시간을 되레 살 빼는 다이어트 걱정이나 하며 보내지 않으려나?

어쩌면 병원에 입원한 환자의 대부분이 먹을 거 제대로 못 먹어 영양실조에 의한 병으로 온 사람보다 건강에 해로운 것까지 이것저것 너무 많이 먹고 탈이 나서 온 사람이 더 많지, 싶다.

대장암 수술을 받은 나도 음식을 함부로 섭취한 대가로 병을 얻은 게 분명하지 않은가.

이제라도 병이 다 나으면 배고팠던 옛 시절의 음식 차림으로 되돌아가야 하겠다.

『문예감성』 2020년 겨울호

영어 웅변대회

내가 진주고 2학년이던 1968년에 홈룸HR: homeroom 이라 불리는 교내 특별 활동 시간이 운영되었다. 나는 영어 회화반에 들었는데, 영어 선생님 두 분 외에 '윌리엄 웨이시'라는 미국인 '피스코Peace Corps: 평화봉사단' 남자 단원이 함께 지도했다. 우리나라에 원어민 영어 교사를 채용하는 EPIKEnglish Program in Korea가 생긴 게 1990년대 초반이니까, 그 당시로는 접하기 매우 어렵고 귀한 기회였다.

'피스코'는 개발도상국에 파견되어 기술, 농업, 교육, 위생 활동에 봉사하는 미국 정부 지원의 민간단체이다. 1961년 당시 '뉴 프런티어' 정책을 주창한 미국 대통령 케네디Kennedy, J.F.의 제안으로 발족하였고, 초기에 16개국 900명의 자원봉사자로 출발했다.

1966년에 52개국 1만 명이 넘는 규모로 늘어났지만, 1980년대 초에 많은 나라가 봉사단에게 떠나라고 요청해, 63개국에서 일하는 전체 자원봉사자 수는 6천 명 정도로 줄었다.

우리나라에는 1966년부터 1981년까지 50차례에 걸쳐 봉사단원과 직원 2천여 명이 파견되었다. 그들은 평균 2년 정도 머물며 영어를 가르치고, 보건소에서 결핵 퇴치 사업을 벌였다.

우리나라에서 활동했던 이들의 한국 재방문 사업이 외교부와 한국 국제교류재단 초청으로 2008년부터 2013년까지 이루어져서, 당시 청년이었던 단원들이 노인이 되어 젊은 시절 그들이 봉사했던 나라의 놀랍게 발전한 모습을 확인하는, 뜻깊은 행사가 되기도 했단다.

나도 고교 시절에 피스코와 관련된 잊지 못할 추억이 하나 있어 즐겁게 되새겨 보기로 한다.

초여름쯤인가, 영어 회화반 김홍안 선생님께서 한 달 뒤에 영어 웅변대회가 있으니 주제는 자유로 원고를 작성해서 제출하라고 했다. 나는 정성들여 만든 영문 원고를 제출해서 선생님께 체크 받고 몇 군데 고쳤다.

며칠에 걸쳐 달달 외워서 준비했고, 대회 당일에 2학년 동기 6명, 전년도에 1등 했다는 3학년 선배랑 7명이 함께 남강 다리 건너 선명 여상 강당으로 갔다. 가보니 진주 공고에서도 한 명이 왔다.

타이틀은 거창하게 '영남지구 영어 웅변대회'인데, 참가자는 전부 여덟 명으로, 진주고 교내 웅변대회나 마찬가지였다.

복도에 대기하면서 보니, 심사위원이 웨이시 선생님 외에 피스코 단원 여자 두 명과 남자 한 명이 더 있는 것 같다.

그때, 진주 여고 영어 시간에 피스코 선생님이 영어로 뭔가를 말한 다음, 따라서 복창하라는 뜻으로 "repeat after me!" 하면서 두 팔을 아래로 펼쳤다가 위로 모아 올리니까, 학생들이 모두 우르르 일어서더라는 얘기가 떠올라서 살짝 웃음이 나왔다. (당시는 선명 여상이 후기 입학이어서, 콩글리시지만 절반이나 알아들을지 자못 걱정되었다.)

가위바위보로 발표 순서를 정했는데, 당혹스럽게도 내가 첫 번이 되었다.

문을 열고 강단에 올라가 연단 앞에 서서 내려다보니, 하얀 교복 입은 까만 단발머리 여고생들이 한 삼백 명쯤 빼곡히 앉아있다. 우와! 어떻게 눈 둘 바를 모르겠다.

그래도, 첫 연사로 뭔가 한마디 해야 할 것 같아서, 더운 날씨에 참석해줘서 고맙다고,

"First of all, as the first speaker, I thank for your attending here in spite of the hot weather."라고 즉석연설을 했는데, 까르르~ 웃음바다가 되었다. 왜 그러나 두리번거려 보니, 마이크가 꺼져서 육성만 나간 거였다.

손끝으로 톡톡 건드려도 소리가 나지 않자, 누군가 와서 줄과 연결된 곳을 확인했다. 멋쩍게 서 있기도 그래서, 주전자 냉수를 한 컵 따라 마시는데, 또 까르르~ 젠장, 가시나들이! 여고생 아니랄까 봐.

정신 차리고 아래를 훑어보니, 마침 같은 신안동에 사는 이름 모를 소녀가 있다. 초점 고정하고 연설 시작. (소녀는 얼굴 빨개져서 어쩔 줄을 모른다. 황홀?)

"… (중략) at this time, we all Korean students have to devote ourselves to the studies and the performance of our duty, as members of Korean society."라며,

지금 우리 한국 학생들은 사회 일원으로서 의무인 공부에 전념해야 한다고, 공자 촛대 뼈 까는 소리 지껄여대고 성공적으로(?) 마쳤다.

우레와 같은 박수 소리. 난생처음 들어봤다. 그것도 여고생들로부터. 기분 째졌다.

심사 결과 이덕문 1등, 이재영(나) 2등, 강외태 3등, 진주 공고 4등이

었다.

"of the people, for the people, by the people…"이라고, 케네디 대통령 연설문을 패러디했던 선배는 빠지고, 나머지는 오는 길에 빵집에 들러서 축하 파티를 열었다. (진주 공고도 졸졸 따라붙어서 깡가졌다.)

내가 부상으로 받은 두툼한 향나무 재질 영한사전에서 처음 보는 향긋한 냄새가 어찌나 진하게 나던지, 돌려가며 코끝에 대고 맡아봤다.

그로부터 44년이 지난 2012년 어느 날, 미국에 거주하는 구경호라는 동기가 웨이시 선생님을 만났다며 동창회 홈페이지에 글과 함께 사진을 올렸다.

20대 초반 젊은 총각이었던 웨이시 선생님이 머리 허연 노인이 되어 웃고 있는데, 모두 너무 반가워서 지난날의 이런저런 에피소드를 댓글로 달았다.

측은지심惻隱之心을 지닌 인간은 자비로워서, 약자를 돕는 봉사활동에 직접 혹은 간접적으로 많이 참여한다. 그래서 이 지구상의 평화는 숱한 어려움 속에서도 영원히 유지되리라 믿는다.

고교 시절 내게 잊지 못할 소중한 추억을 안겨주신 피스코 단원 윌리엄 웨이시 선생님께 다시 한번 깊은 감사를 드린다.

남강문학협회 회지 『남강문학』 2022년 봄(15호)

예지몽(豫知夢)

우리는 숱한 꿈을 꾼다. 그런데 예지몽을 꾸었다는 사람도 더러 있다. 말 그대로 미래에 일어날 일을 미리 보는 꿈이다.

나도 예지몽을 꾼 친구 덕분에 대학교 1학년 때 참으로 희한한 경험을 했다.

진주에서 초·중·고교를 다녔는데, 고3부터 서울 S대·K대·Y대를 겨냥한 '특별반'이 운영되었다. 정원이 문과·이과 합해 40명이고, 중간고사나 특별고사 성적에 따라 아래쪽은 드나들었다.

특별반이던 나는 부산대학교 전자과에 입학했고, 입학 동창 53명 중에 전자과만 다섯 명이나 되었다. 같은 신안동에 살면서 5·6학년 한 반에 특별반이던 C도 무역과에 입학했다.

그런데 모교 동창회가 없어서 우리가 발족하여, 토목과 친구 D를 회장시키고 나는 총무를 맡았다. D는 고교 때 학생회 부회장이었다.

그러자, 무역과에 다니는 한 해 선배 A형이 모교에 가서 우리 대학교를 홍보할 계획을 세웠다. 고향이 산청인 A형도 고교 때 부회장을 지냈다.

그래서 A형과 같은 무역과인 C와 동창회장 D까지 세 명이 가기로 되었다.

셋이 모교에 들러 3학년의 참석 약속을 받았단다. 방학에도 학교에 나올 정도라 한 시간도 아까울 텐데, 흔쾌히 허락해줘서 감사했다.

그런데 C가 아무래도 세 명은 너무 적다며, 나보고 함께 가자고 했다.

C의 집에서 500m쯤 오면 우리 집이고, 학교까지는 3.5km 거리다.

초등 때는 내가 반장이고 C는 분단장이었는데, 매일 아침 우리 집에 들러서 등교했고 하교 때도 함께했다.

중학교부터는 학급이 달라서 따로 등하교했는데, C가 학업성적에서 나를 능가하려고 애쓰는 모습이 엿보였다.

어느 날 등굣길에 만나 자신만만한 표정을 지으며 내게 물었다.

"영어 단어 중에 제일 긴 단어가 뭔지 아나?"

"제일 긴 단어? 음... 그걸 내가 어찌 알아! 뭔데?"

나는 조금 무안해지며 되물었다.

친구가 자랑스럽게 알려준 제일 긴 단어는 스펠이 29자인 'floccinaucinihilipilification'(플락서노 서나이힐러 필러피케이션)으로, '뜬구름 같음, 무가치함'이란 뜻이었다.

모교에 가기로 한 7월 어느 날 아침, 집에 들른 C와 함께 늘 다니던 길을 잰걸음으로 걸었다. 고교 졸업 후 거의 5개월 만이다.

"재영아, 내가 어젯밤에 억수로 이상한 꿈을 꿨다."

친구가 생글거리며 말했다.

"이상한 꿈? 뭔데? 아무개랑 데이트?"

나는 따라 웃으며, 좋아하는 여학생이 꿈에 나왔는지 물었다.

"그기 아이고, 네가 학교 강당에서 연설을 하는 거라."

"오늘 연설은 D가 하기로 했잖아?"

"그러니까! 그런데, 니가 D 대신에 막 연설하더라. 웃기재?"

"꿈은 반대라니까, 맞네. 하하."

그냥 웃어넘기고 모교에 관한 다른 얘기 나누며 부지런히 걸었다. 오랜만이고 한여름이라 그런지 전에 없이 등에 땀이 나고 숨이 찼다.

학교 강당에 3학년 400여 명이 모였고, 우리 네 명은 강단 뒤쪽에 나란히 앉았다. 하얀 교복 입고 빼곡히 들어찬 까까머리 후배들을 내려다보니 흐뭇했다.

그런데, 서울대 공대에 입학한 동기 두 명이 선생님과 함께 들어와서 입구 쪽에 자리했다. 재학 때 둘은 성적 1·2등을 다퉜는데, 원자력과에 간 K는 나랑 초등 동창이고, 섬유과 H는 같은 태권도 도장에서 함께 운동했던 친구라 반가웠다.

선생님이 간략한 안내 말씀에 이어 먼저 서울대생의 인사말 시간을 주었다. 둘이 서로 양보하다가 K가 먼저 나와 마이크를 잡았다.

"오늘 H와 저는 선생님들께 안부 인사만 드리려고 왔는데, 마침 부산대학교 동문의 방문 계획이 있어, 이렇게 여러분을 직접 만나보게 되어 반갑습니다."

그는 꾸벅 절만 하고 후배들의 우렁찬 박수 속에 마이크를 넘겼는데, H도 비슷한 짧은 말만 하고 끝냈다.

이어서 A형이 연단에 나가 자기소개와 오늘 오게 된 배경을 잠시 설명했다. 참석한 3학년들이 1학년일 때 학생회 부회장이어서 아는 후배도 많을 것이다.

그리고 뒤돌아보며 나와 C를 차례로 소개하고 오늘의 연사인 D를 연단 앞으로 불러냈다. D는 작년에 부회장이면서 눈에 띄게 워커를 신고 다녀서 따르는 후배가 많았다.

절을 하고 후배들의 박수를 받는 D의 뒷모습을 보며, 나도 회장에 출마한 어느 친구의 러닝메이트 부회장 출마 권유를 수락할 걸 그랬나 싶다가, 도리질하며 피식 웃었다. 그 친구는 선거 결과 3등이라 대대장도 못 했다.

그런데, D가 한참 동안 아무 말 없이 가만히 서 있는 게 아닌가!

강당 안은 기침 소리 하나 없이 조용해지고, 잔뜩 기대에 찬 침묵이 흘렀다.

누군가 "박수~!"라고 말하자, 후배들이 손뼉을 크게 치며 성원했다.

D는 고교 2학년 때 선명여상에서 열린 '영어 웅변대회'에서 1등 했던 친구라 나는 별로 걱정 안 했다. 그때 나는 2등 했고, 진주 공고 학생이 4등이었다.

그러나 침묵이 더 길어지자, A형이 급히 걸어 나가 D의 표정을 살피고는 자리로 들여보냈다. 갑자기 말문이 막힌 것이었다.

"오랜만에 이렇게 후배들 앞에 서니, 저도 감개무량해서 말이 제대로 나오지 않습니다. 심정을 이해하시고, 격려의 박수 보내주십시오"라고 말하며, 몸을 돌려 나와 C를 번갈아 보고 빨리 한 명 나오라는 눈짓을 했다.

C가 팔꿈치로 나를 슬쩍 밀었고, 나는 얼떨결에 연단으로 나가지 않을 수 없었다.

D 대신 갑작스레 연단에 서게 된 나는 일단 호흡을 가다듬고 만나서

반갑다는 인사말부터 올렸다.

후배들 박수에 은근히 힘이 솟았고, 멀리 뒤쪽의 3학년 담임이었던 수학 선생님과 존경하는 영어 선생님 모습도 흘끔 바라볼 여유가 생겼다.

"1학년 때는 교양과정 학부라고 해서 전공 학과 구분 없이 50명 정도씩 반을 나눠 수업하고 영어, 수학, 철학 등등 배웁니다. 영어 시간에 지명을 받는데, 제가 영어가 좀 되지 않습니까? 유창하게 읽고 깔끔하게 해석했지요. 우리 김홍안 선생님, 어디 계십니까?"

이렇게 능청을 떨고 딴 데를 훑어봤다. 하하하~ 후배들 웃음이 터져 나왔다.

"그랬더니 부여고, 경남여고, 동래여고 출신 세 명이 스터디그룹을 하자고 하데요. 마침 수학 잘하는 한석봉, 글 잘 쓰는 홍길동이 같은 반이라 매주 함께 만났지요. 처음에는 교내 콰이강의 다리 밑에 모여서 몇십 분 공부하고는 비스킷이나 먹고 놀았습니다. 나중에는 학교 근처 에덴공원부터 광안리, 해운대, 일광, 송정, 하단까지, 부산 시내 유원지 안 가본데 없이 놀러 다니느라고 이렇게 까맣게 탔습니다. 하하."

나는 낭만적인 대학 생활부터 꺼내 읊으며 관심을 끌었다.

금정산 기슭에 자리 잡은 넓은 캠퍼스의 수려함과 산성 막걸리 맛, 각종 서클과 5월의 학교 축제, 교내 박물관과 훌륭한 교수님 몇 분도 소개했다.

솔깃해하는 후배들의 표정과 간간이 나오는 박수 속에 그럭저럭 시간을 메우고,

"여러분! 당연히 서울 등, 좋은 대학교에 가야 합니다. 그런데, 끝으

로 한 가지만 말씀드리지요. 용 꼬리보다는 닭 머리가 되십시오!"

하면서 어쭙잖은 연설을 마쳤다. 그런데 반응이 예상 이상이었다.

그래서였을까? 다음 해에 후배가 100명도 넘게 부산대에 들어왔다. 서울대 가려다가 내 연설 듣고 전자과에 왔다는 후배 B도 있다. B는 국방과학연구소ADD에 취직했고, 나중에 ADD에서 만난 적도 있다.

그리고 일찍이 재력가가 된 A형은 내가 개인 사업할 때 큰 도움을 주기도 했다.

사람이 힘들게 살면서 어떨 때는 예지몽이라도 꿨으면 싶을 때가 있다. 그러나 내일 벌어질 일도 모르고 살아서 오히려 더 드라마틱하고 즐거운 삶이 아닐까?

50년도 더 되는 긴 세월이 한줄기 유성처럼 흐른 지금 그날을 돌이켜보니, 인생은 정말 뜬구름같이 덧없고 허망하구나 싶어 괜히 서글퍼진다.

『남강문학』 2022년 가을호

잔명(殘命) 시계

우연히 티브이에서 어떤 공상과학영화를 흥미롭게 본 적이 있다.

모든 사람의 팔뚝 안쪽에 남은 수명이 년, 월, 시, 초 단위로 디지털시계처럼 디스플레이된다. 한마디로 잔명 시계를 차고 다니는 것이다.

이 잔명 시간은 물건을 사는 대금, 교통편을 이용하는 요금, 병원 치료비 등등으로 마치 신용카드처럼 사용된다. 남은 수명이 줄어드는 걸 눈으로 빤히 보니까 흥청망청 과소비하지는 못할 것이다.

그리고 다른 사람과 팔뚝을 맞대고, 일정 시간을 말한 후 비밀코드를 부르고 전송하면, 그만큼의 시간이 돈처럼 상대편에게 전달된다. 자기 수명은 줄어들고 상대방 수명은 늘어나는 것이다. 귀한 생명의 기간을 주고받는 거니까, 단순히 돈만 오가는 신용카드와는 확연히 다르다.

그러니 당연히 강도가 설친다. 목에 총이나 칼을 들이대는데, 제 명에는 못 살지라도 상당한 잔명을 과감히 구두 결제로 나눠줄 수밖에 없다. 위험이 따르지만, 강도질 잘만하면 천년만년 살 수도 있는 꿈같은 세상이다.

또 다른 SF 영화에는 빅데이터에 저장된 국민의 예상 사망일이 운용자의 실수로 본인 핸드폰에 문자로 전송되는 사고가 발생한다.

점차 모든 사람에게 자기 사망 일자가 알려지자, 온 세상은 혼란의 도가니로 빠져든다.

잔명이 몇 년밖에 안 되는 사람은 대부분 이성을 잃고, 정상적인 삶을 포기한 채, 전혀 다른 사람으로 변하여 난폭한 생활을 하게 된다.

인간은 죽음이라는 공포 때문에 조금이라도 더 오래 살려고 정해진 사회 규범을 따르는데, 자기 목숨이 언제 끊어질지 알고 나면 막가파로 변할 수도 있다는 말이다.

그래도 선하고 신앙심이 돈독한 극히 소수의 사람은 가족과 함께하는 여행 계획을 세우고 지인과도 자주 만나며 남은 시간을 후회 없이 보내려고 노력했다.

우리는 어릴 때 "시간은 돈이다"라는 격언을 듣고 자랐지만, 그 뜻이 정확히 뭔지는 어른이 되고야 알았다.

대학에 들어가서 당구장 출입할 때, 노래방에서 추가로 요금 낼 때, 시간이 분명 돈임을 실감했다.

그런데 엄청난 돈 가치가 분명히 있는 이 시간이라는 존재는 의외로 누구에게나 공정하고 공평하게 나뉜다.

백인이든 흑인이든, 무슨 종족이며 어느 나라에 살든, 부잣집에서 태어난 금수저든 가난한 집 흙수저 출신이든, 하루에 24시간씩 똑같이 주어지니 참으로 다행한 일이다.

시간에 관한 저명인사의 숱한 명언이 있는데, 그중에서 나는 발명왕으로 불리는 토머스 에디슨의 말, "가장 어리석고 못난 변명은 '시간이 없어서'라는 변명이다"를 으뜸으로 꼽는다.

그리고 벤저민 프랭클린은 이렇게 말한다. "그대는 인생을 사랑하는가? 그렇다면 시간을 낭비하지 말라. 왜냐하면, 시간은 인생을 구성한 재료니까. 똑같이 출발하였는데, 세월이 지난 뒤에 보면 어떤 사람은 뛰어나고, 어떤 사람은 낙오자가 되어있다. 이 두 사람의 거리는 좀처럼 접근할 수 없는 것이 되어 버렸다. 이것은 하루하루 주어진 시간을 잘 이용했느냐, 이용하지 않고 허송세월하였느냐에 달렸다."

누군가 이렇게 긴 글을 읽느라고 귀한 시간을 아깝게 보내거나 말거나.

어느 날 손목시계를 차려니까 초침이 멈춰있다. 리튬전지의 수명이 다한 것이다.

시계방에 가서 전지를 갈아야겠다고 생각하는데, 시침과 분침이 11시 50분을 가리키는 게 눈에 띄었다.

문득 햇수로 11년 10개월과 같다는 생각이 들었다. 내 생일이 1월 하순인데, 지금 3월 하순이니 내 잔여 수명 12년에서 그새 2개월이 빠져나간 셈이다.

내가 일곱 살 때 50대 초반이 되신 부모님이 외아들인 나를 데리고 용하다는 사주 관상쟁이 집에 내 평생 사주를 보러 갔다.

지금도 기억나지만, 내가 82세까지 산다고 하니까, 1959년 당시로는 상당히 장수하는 운세라, 부모님이 무척 흡족해하셨다.

그 길게 느꼈던 세월이 유수와 같이 흘러가고, 올해 칠순이 된 내 인생은 이제 겨우 12년밖에 안 남았다.

해서, 올해부터 여생을 알뜰히 보내기로 하고, 우선 3년간의 노후 계획을 세웠다.

제1차 3개년 계획은 건강을 위한 걷기 운동과 수필집 발간, 담채화 시화詩畵집 작성이다.

지금은 가끔 다니는, 집에서 왕복 4km 거리의 공원에, 이틀에 한 번은 갈 생각이다. 해발 95m의 바위산, 수련이 피고 송사리 떼가 노는 연못, 온갖 화초가 계절을 달리해 피고 조각 작품과 작은 정원이 꾸며진 동산이 있다.

수필은 지금껏 40여 편을 썼는데, 앞으로 매달 한 편씩은 꾸준히 쓸 작정이며, 절반쯤 고르고 정성껏 퇴고하여 올해 연말에 첫 수필집을 내볼까 생각 중이다.

그리고 중학교 이후 손을 뗐던 시詩도 다시 써볼까 하는데, 시에 어울릴 담채화를 그려서 나만의 시화를 만들고 싶다.

원래 담채화는 연필로 스케치하고 묽은 수채화로 그리지만, 나는 연필 스케치 위에 형광펜으로 간편하게 그리려고 한다.

잘 진행되어 제2차 3개년 계획도 세울 수 있게 된다면, 아마 아내와 함께 천 리나 먼 고향으로 내려가서 옛 추억을 반추하며 단둘이 오붓이 보내는 여생이 되지 싶다.

나는 요즘 손목시계의 배터리를 갈지 않고 초침이 멈춘 채 그냥 차고 다닌다. 내 남은 수명을 수시로 들여다보며 하루하루 알차게 살아가고자 함이다.

한 달에 5분씩 거꾸로 돌려서 잔명 시간을 맞추는데, 거의 매번, 서글프지도 않고 오히려 뿌듯함을 느낀다.

『문예감성』 2022년 가을호

소설 (군대 생활 이야기, 1970년대 초)

1. 논산
2. 꽃다발

논산

1972년 2월 초 서부 경남의 집결지인 마산역에 모인 친구들은 장발에서 갑자기 까까머리가 된 서로의 모습을 놀리고 웃으면서 입영 열차에 올랐다. 뒤로만 멀어져 가는 산천 풍경에 아쉬운 미련을 실어 보내고 삼랑진역에서 북진한 열차는 눈발이 흩날리는 논산 벌판에 장정들을 우르르 쏟아 내렸다.

훈련소 입소 전에 대기하는 보충대에서 정신없이 뺑뺑이 돌며 뒤죽박죽된 우리는 스텐 배식판에 수채 물 냄새나는 군대 밥을 받아 들고서야 더 이상 자유인이 아님이 실감 났다. 국방색 훈련복으로 갈아입고, 입고 간 옷과 신발을 포장하여 편지를 써넣을 때, 갑자기 10년은 어려진 듯이 부모님의 따뜻한 품속을 그리워하게 된다.

"닷새는 더 있어야 훈련소로 넘어간다는데, 돈 좀 모아서 일찍 가는 게 어떻겠노?"

한 동네 살던 기간병을 만나고 온 친구 둘이 역한 냄새 나는 화장실 똥통 나르기에 지쳤는지 제안을 한다.

"보충대에 있어도 날짜 계산은 될 건데, 나는 안 할란다. 돈도 아깝고."

멘소래담(동상연고) 캔 바닥에 반창고 붙여 감춰온 큰돈 한 장을 꺼내어 잔돈 바꿀 데도 없고, 3일간 있었는데 그 정도야 싶어서 거절했다. 다음날 친구들은 보충대를 떠났고, 나중에 보니 춘천 포대에 배치되어 고생깨나 했다고 들었다.

불과 사흘 후에 나도 보충대를 떠나 멀지 않은 연무대로 4열 종대 열지어 구보로 입소하였다. 신발 문수도 없어 급하게 골라 신은 작업화가 좀 작다 싶었는데, 입소 첫날부터 발뒤꿈치에 물집이 생겨 터졌다.

"사회에서 운동한 병사 손 들어봐."

23연대 4중대 4소대 내무반장 신참 이등병이 어설픈 폼으로, 키 큰 순서로 늘어선 36명 소대원을 훑어본다. 복싱, 태권도, 했다는 3명과 함께 검도 한 나도 분대장에 선정되어 키 작은 도토리 분대, 4 분대장이 되었다.

"내무반에 쥐가 많다. 침상 밑에 들어가서 쥐를 잡는다. 실시!"

양쪽 침상 끝에 줄 서 있던 병사들이 우르르 내려가 침상 밑으로 머리를 들이민다. 20cm나 될까 싶은 틈새로 다들 몸통까지 용케도 쑤셔넣는다.

"동작 봐라, 그래가지고 쥐를 잡겠나? 빨리 안 들어가!"

덩치 큰 서너 명은 머리만 처넣고 바둥거리며 용을 쓴다. 궁둥이 차여가며.

"돈은 분실 위험이 있어 보관했다가 퇴소할 때 돌려준다. 자진해서 신고해라. 소지품을 모두 꺼내어 앞에 놓는다. 위생검열이 있으니까, 팬티를 무릎 아래까지 내린다. 실시!"

일석점호 때 소대장이 한마디 하고, 함께 온 마스크 낀 군의관을 안내한다.
차렷 자세로 도열한 훈련병들의 물건을 검사 봉으로 들어 올려 차례로 포경 검사하며 지나가고, 소대장은 사제품 속에 숨겨진 돈 찾기를 하며 뒤따른다. 군의관이 내 물건을 요리조리 제쳐 유심히 보며 묻는다.

"포경수술 했나?"
"예, 훈병 심삼일. 안 했습니다. 자연산입니다."

얼핏 보면 귀두가 덮여있지만 어릴 때 귀한 아들이라고 어머니가 많이 만져서 그런지 까 보면 깨끗하다. 머뭇거리던 군의관은 통과하고, 소대장이 멘소래담 캔 뚜껑을 열더니 볼펜으로 푹 찔러본다. 조마조마해서 간 졸이고 있는데 쓱 쳐다보더니 그냥 지나간다.

일석점호가 끝나고 서로 힐끔거리며 내렸던 바지를 서둘러 입느라 소란스럽다. 다행히 의무대로 후송될 병사는 없고, 비누 쪽 속에 숨겨둔 돈을 두 명이 발각되었다.

내 멘소래담 바닥에 희미하지만, V자로 볼펜 자국이 남아있다.

"불시에 검열이 또 있을 거니까 내일 점호 전까지 신고한다. 이상!"

신고 안 했다가 들키면 압수된다는 엄포에 모두 술렁거렸다. 그때는 돈 숨겨 오는 게 최고의 관심사여서 별의별 방법이 동원됐을 것이다. 나는 망설이다가 다음 날 저녁에 PX에서 잔돈 바꾸고 절반만 신고했다. 기간병도 출입하는 PX이지만 매일 훈련병으로 북적거렸고 막 출시된 '사과 넥타'를 여러 개씩 사서 분대원들과 나눠 먹었다.

"분대장, 좀 천천히 가라. 너무 무겁다!"

내무반 화로에 사용할 갈탄을, 가마니에 대나무 두 개를 꿰어 만든 들것에 실어 어깨에 메고, 4명이 함께 날랐는데 뒤따르는 분대원이 낑낑댄다.

"힘드니까 얼른 나르고, 푹 쉬는 게 낫지 않냐?"

키 큰 나는 도토리 분대원들을 종용하며 앞장서 날랐다.
(한참 뒤에야 깨달았지만, 무게 중심이 낮은 데로 쏠려서, 미안하게도 나는 거저 들고

날랐던 것이다.)

눈이 얼어 부스럭거리는 땅바닥에서 고된 제식훈련을 종일토록 마치고 돌아오면, 낮 동안은 꺼져 있어도 그나마 훈훈한 내무반의 온기가 최고의 안식처였다.

한번은 초저녁에 갈탄을 너무 많이 태웠는지 새벽녘에 탄이 떨어져 모두 강추위에 오들오들 떨었다. 담요를 돌돌 말아 새우가 되어 뒤척이다가 무심코 옆 친구와 등이 맞닿았는데 그렇게 따뜻할 수가 없다. 녀석도 처음 알았는지 놀라고, 전달 전달해서 추운 밤을 모두 용케 넘겼다. 간혹 불침번이 졸다가 탄불을 꺼트려도 크게 질책하지 않고 '새우등 대기' 자세로 들어갔다.

"분대장은 명당자리라서 너무 좋겠다. 구석에는 등을 대도 추워!"

하나뿐인 난로는 내무반 가운데 3, 4분대 쪽으로 치우쳐 놓이는데 3분대 막내와 4분대 장인 내가 난로 옆자리라서 다들 부러워했다. 실상은 잠잘 때 머리 쪽은 차갑고 발 쪽이 따뜻한 '두한족열'이라야 맞는데, 반대로 나는 머리맡이 화로라서, 탄불이 한창 셀 때는 너무 뜨거워 잠도 못 든다.

"알고 보면 다 공평한 거야. 나만 왜 이럴까 하지 마라."
상황 설명을 해주자 수긍하는 듯 끄덕이며 밝게 웃는다.

눈이 녹아 질퍽거리는 각개전투 훈련장에서 앞에총 자세로 드러누워 철조망 통과를 몇 번씩 되풀이하고 오면 식사 시간만큼 즐거운 건 없다. 분대별로 1주일씩 당번이 되어 취사장에서 날라 온 밥과 국, 반찬을 내무반 침상에 앉은 소대원들에게 1분대부터 배식해 주었다. 밥은 분대장이 주걱으로 퍼서 식판에 담아주는데 자칫하면 뒤에 가서 모자라거나 남게 마련이다. 모자라면 조용한데, 많이 남으면 앞쪽 분대원들이 난리 친다.

"야, 4분대만 배 터지고 우리는 뭐냐? 배식 좀 제대로 해라!"

앞 분대가 배식할 때는 항상 4분대가 모자랐으니까 나도 한마디 해준다.
"정 그러면 다음 주부터 거꾸로 4분대부터 배식할래?"

왁자지껄하게 떠들다가 웃고 만다. 통일벼에 보리쌀 섞인 군대 밥이 뭐 그리 꿀맛이던지.

훈련 중간의 10분간 휴식은 그렇게 달콤할 수가 없다. 간식이 담배와 별 사탕 중에 지급되었는데 입대 전에 친구들한테 억지로 배워서 일주일에 한 갑도 안 피우던 담배 대신에 별 사탕을 받아먹었다.
"식후 불연이면, 삼 초 후 즉사라~"

2차 대전 때 사용하던 묵직한 M1 소총 들고 차가운 땅 위에서 뒹굴다, 총끼리 모아 세워 놓고 사람끼리 양달쪽에 옹기종기 모여 앉으면, 대부분 담배를 맛있게 빨아댄다. 동그랗게 도넛처럼 퍼져나가는 연기 모양이 멋져 보여 나도 나중에는 사탕 대신 담배로 바꿔서 피웠다. 그것이 평생 골초로 이어질 줄 그때는 몰랐다.

제일 힘들다는 화생방 훈련코스였다. 방독면을 쓰고 밀폐된 가스실에 들어가 쪼그려 뛰기를 하고 숨이 한창 가빠올 때 방독면을 벗게 했다. 숨을 들이쉬면 폐부를 찌르는 매운 독가스에 눈물, 콧물, 침까지 질질 흘리고 토할 듯이 꾁꾁거린다.

나는 처음부터 눈을 감고 입을 벌려 뱃속으로 조금씩 호흡했다. 문이 열려 모두 침팬지처럼 아우성치며 몰려나왔는데, 나는 눈물만 찔끔거리며 꼿꼿이 걸어 나왔다.

"저 자식 봐라! 한 번 더 넣어야 되겠네."
내무반장이 어이없다는 듯 멀쩡한 내 모습을 보고 웃으며 말한다.

손끝에 가늠쇠를 받쳐 팔을 뻗고 1분도 버티기 힘든 M1 소총이 가볍게 몸에 착 달라붙을 무렵, 기대하던 사격훈련이 시작되었다. '엎드려 쏴' 자세로 사격하는데 개머리판이 어깨에 밀착되지 않으면 발사 때 총구가 흔들리고 탄피가 멀리 흩어진다. 사격 대에 두 명씩 배치되어 뒤에 앉은 조수는 탄피를 눈여겨봤다가 주어 모아야 한다. 개인 지급된

총이 내무반에 보관되므로 총알이 유출되는 걸 방지하기 위해서이다. 탄피가 오롯이 모이면 과녁판의 탄착점도 제자리에 모여있다.

"이 자식, 볼펜으로 구멍 내면 모를 줄 아나? 꼬라박아!"

남의 과녁 판에 맞췄는지 3발의 영점사격 탄착군이 하나도 없는 훈병이 원산폭격을 당한다. 사격하기 전에 심한 PRI 체조로 정신 집중을 시키지만, 막상 사대에 엎드려 옆에서 땅땅 총소리가 귓전을 때리면 난생처음 하는 사격이라 겁도 나고 제정신이 아니다.

이틀 뒤에 50m 기록사격이 실시되었다. 분대별, 소대별로 점수를 내고 꼴찌 하면 오리걸음으로 귀대한다는 엄포에 모두 긴장했다. 사대에 엎드려 들이킨 호흡, 낼 숨 3분의 2에서 멈추고 정조준 방아쇠를 당겼다.

"사격 중지! 사격 중지!"

다급한 교관의 목소리가 확성기에서 울려 퍼진다. 탕탕 두어 발 총소리 후에 사격장은 쥐 죽은 듯 조용해지고, 우르르 기관병들이 한곳으로 뛰어간다.

수군수군 사고 났다는 목소리가 전달되어온다. 80여 명의 사수는 웅크려 앉아 잔뜩 불안한 표정으로 두리번거린다.

"자살했대! 목에 겨누고 댕겨서 즉사했대."

사격은 중지되었고 20분쯤 지나서 사격 대 입구 쪽으로 나오니까, 사고지점 조수 자리에 선지피가 흥건히 고여있다. 어떻게 저리 많은 피가 흘렀을까?

사격장 밖에서 대열을 갖추는데 앰뷸런스는 요란스레 떠나고, 달려온 지프에서 내린 영관급 장교가 위관급 사격장 교관의 정강이를 걷어찬다. 우리 중대원 한 명의 자살로 그날 밤 부대는 비상이 걸렸고 밤새 어수선했다. 철학과 출신이라는 둥, 애인에게 쓴 편지가 있다는 둥 소문만 파다했고 중대장도 교체되었다.

아까운 젊은 동기 병사의 죽음도 쉽게 잊고, 우리는 5주간의 훈련을 무사히 마치고 수료식을 하게 되었다. 막대기 하나 이등병 계급장이 달린 모자와 군복, 가죽 군화를 신고 여벌과 보급품을 더플백에 담아 메고 내무반장과 작별 인사를 했다.

"이 자식은 절뚝거리고 입소하더니, 아직도 절뚝거리며 퇴소하네!"

그 사이 일등병이 된 내무반장이 내 손을 꽉 쥐여주며 만족한 듯 웃는다.

모두 논산 쪽으로 오줌도 안 눌 거라고 농담했지만, 나는 제대하면 꼭 한번 와 봐야지 하면서 운 좋게 후방인 103 보충대에 차출되어 군용열차에 몸을 실었다.

꽃다발

〈 개미들의 후배 훈련 방법 〉

잡초를 뽑고 있는데 자세히 보니 주변에 개미들이 잔뜩 돌아다니고 있다.

다리까지 포함해서 5mm도 안 돼 보이는 놈부터 2cm가량인 놈까지 종류도 다양하다.

큰 놈 작은 놈 뒤섞여 돌아다니다가 마주치면 서로 질겁을 하며 피해서 지나간다. 더듬이의 촉수로 그 짧은 순간에 적인지 아군인지 알아보는 것 같다.

얼핏 보면 방향 없이 이리저리 무질서하게 헤매는 것 같은데, 위에서서 가만히 내려다보면 대부분 한쪽 방향으로 일직선으로 달려간다.

아마도 집에서 나설 때 이번에는 안 가본 방향으로 최대한 원거리 행차를 하며 먹을거리를 찾아볼 요량인 모양이다.

하나~ 하고 1초간 헤아릴 동안에 제 몸길이의 예닐곱 배의 거리를 이동한다. 그러고는 잠시 머물러 더듬이로 주위를 살피고, 또 그 속도로 예닐곱 몸통 거리를 직진한다.

무지하게 빠른 이동속도다.
사람으로 치면 1초에 약 10m 정도를 달려가는 셈이니까, 100m를 한국 신기록으로 달리는 셈이다.

그런데 유심히 보고 있자니까 유독 눈에 띄는 개미 두 마리가 있다.
큰 놈은 다리까지 15mm쯤 되고 작은 놈은 10mm쯤 되어 몸통 크기는 거의 4배쯤 차이가 나 보인다.

처음에는 다른 종인가 싶었는데, 그게 아니다.
큰 놈이 어딘가로 일직선으로 30cm쯤 가다가 작은 놈이 따라오지 않으면 멈춰 서서 기다린다.
뒤따르는 작은 놈은 갈지자로 이리저리 헤매다가 용케 큰 놈의 페로몬을 맡았는지 곧장 뒤에 붙어 선다.

그러면 큰 놈은 더듬이로 확인하고 또다시 제가 가던 방향으로 달려

간다. 그런데 속도를 줄여 주지 않고 몸통 거리의 예닐곱 배 그대로 직진한다.

신기하여 설마? 하며 졸졸 따라가 봤다.

가다가 20cm쯤 흙구덩이가 파여 있는데도 수직으로 내려가 계속 일직선으로 달린다.

가다가 또 멈춰서 기다리고, 한참 있어도 작은 놈이 안 오면 되돌아 조금 가다가 다시 만나서 반갑게(?) 더듬이 인사를 하고는 다시 가던 방향으로 직진 구보 행진이다.

흙구덩이를 올라와서 한참을 가다가 풀숲으로 들어가 버려 더는 따라가지 못하고 돌아왔다. 대략 7m쯤을 따라갔나 보다.

'그놈들 참 신통하네! 분명히 사수가 일대일로 조수를 훈련을 시키는 것 같은데, 개미들 세상에 저런 훈련도 있구나! 하하.'

하도 신기하여 돌아오면서 큰 놈과 작은 놈 훈련 조가 또 없는지 유심히 땅바닥을 훑어보았다.

'어? 여기 또 있네!'

아까 그놈들과 똑같은 크기의 사수와 조수가 또 있다.

한번 봤으니까, 이놈들도 그러려니 하고 다시 재미있게 들여다보았다.

역시 마찬가지로 큰 놈은 직진이고, 작은 놈은 노들강변 하며 제 맘대로 갈지자로 이리저리 헤매다가 겨우 뒤쫓아 온다.

그런데, 이게 무슨 일?

더듬이로 확인하던 큰 놈이 입의 집게로 작은 놈의 더듬이를 꽉 물고 놓아주질 않는다.
작은 놈은 소리는 안 들리지만 아파 죽겠다는 시늉을 하다가 그대로 옆으로 쓰러지고 만다.

화가 난 사수 개미가 조수 개미를 혼내주는 모양인데 몸집 작은 조수 개미의 더듬이가 잘려나갈까 봐 걱정될 정도다.

그런데 다음 순간 더 놀라운 일이 벌어진다.

큰 놈 사수가 작은 조수를 배 밑에 깔아뭉개는가 싶더니, 부리나케 전속력으로 냅다 달린다. 아까 달리던 속도의 두 배는 넘는 무지하게 빠른 속력이다.
어찌나 빠른지 배 밑에 붙은 조수가 보이지 않아서 뒤에 떨어졌나 살펴보니 없다.

'저 높이로 배 밑에 붙이고 달리면, 밑에 깔린 조수 개미의 등 짝이 땅

바닥에 비벼져서 껍질이 벗겨질 텐데! 안 죽으려나? 죽이려고 저러나?'

나는 깜짝 놀라서 계속 큰 개미를 따라가며 배 밑을 살폈지만 불쌍한 작은 조수 개미는 보이질 않는다.

벌을 줘도 너무 심하게 준다 싶어, 큰 개미를 손톱 총으로 탁 때려주고 조수 개미를 구해주려는데, 달리던 사수 개미가 걸음을 멈췄다.

그리고는 10cm쯤 걸어가서 뒤돌아서서는, 앞다리를 쭉 뻗치고 머리를 추켜들고 선다.

배 밑에 불쌍한 조수 개미는 보이지 않는다.

'달려오면서 땅바닥에 뭉개져 다 닳아버렸나 보다, 이 못된 사수 놈!'

하면서 뭘 보나 싶어 사수 개미의 10cm 앞 땅바닥을 보니, 깨알만 하게 굼벵이처럼 돌돌 말린 조수 개미가 있는 게 아닌가?

죽었나 싶어 들여다보니, 금세 말렸던 몸통이 풀어지면서 안쪽에 오므려 감췄던 다리가 나오고 몸을 뒤집고 일어선다.
일어선 조수 개미는 어지러운 듯 비척비척 비실거린다.

슬며시 다가간 사수 개미가 더듬이를 맞대고 뭐라고 씨부렁거리더니, 집게 같은 큰 입을 쫙 벌리고 조수 개미 입을 무는 게 아닌가?

'저런, 못 된 것이 있나! 그만큼 혼냈으면 됐지, 이제 물어 죽이려는 거야?'

막 손톱 총으로 사수 개미를 튕겨버리려는데, 어? 큰 사수 개미가 작은 조수 개미 입속에 뭔가를 토해서 집어넣어 먹이고 있다!

'세상에~! 저건 분명히 개미들만의 엑기스 영양제임이 분명하다! 혼내준 조수에게 훈련받느라고 큰 욕봤다고 치하하며 상품을 내리는 것이다. 힘내고 빨리 커서 사수가 되라고!'

그리고 잠시 후에 두 개미는 다시 하던 훈련(?)을 계속하며 자기들의 목적지를 향해 출발했다.
조수 개미가 아까보다 덜 어리바리해 보이는 것은 나의 착각이었을까?

(베스트셀러 '개미의' 작가 베르나르 베르베르도 아마 이런 장면은 보지 못했던 듯 싶다.)

*** ***

사수 황 일병은 조수인 나를 끔찍이 아꼈다.

"야 이, 씨~ 우리 심 이병, 건들기만 해 봐?!"

내무반 건물이 인접한 수리 중대 일등병들이 근무 외 시간에 신참인 나를 군기 잡으려 하면 적극적으로 나서서 보호해 주었다.

중대장마저 출장 나간 서무실에서 수불 대장 정리와 재고 확인, 병사들의 출장비용 청구 등 꼼꼼히 전수한 사수는, 수리 부품 수령 차 공용 외출로 군수지원 사령부에 데리고 가서는 조수라고 자랑스럽게 나를 여기저기 인사도 시켰다.

화포 수리용 부품은 생각보다 종류도 다양하고 수량도 많았다.
부품을 수령하여 자대로 돌아와서, 부품이 잔뜩 쌓여있는 부품창고에 들어가 재고 부품 수량을 일일이 장부의 잔고 수량과 대조하면서 며칠간이나 재고조사를 했다.
곧 상급 부대에서 검열이 나올 거라고 했다.

"야, 이거는 왜 이리 많이 남아도냐? 킥킥."

"남으면 좋은 거 아닙니까? 황 일병님!"

나도 덩달아 웃으며 사수 황 일병을 쳐다보았다.

"좋기는 인마! 제대로 수불 못했다고 얻어터지기밖에 더해? 이거 처치해야 하니까, 모두 들고 따라와!"

"이걸 다 어쩌시려고요?"

"어쩌기는?! 땅에 파묻어야지! 잔말 말고 빨리 들고 와!"

창고 뒤편 쓰레기 소각장에 가서 잿더미 속 으슥한 곳에 땅을 깊숙이 파고 모두 묻어서 버렸다.
멀쩡한 화포 수리 부품을 땅속에 파묻어 버리다니!
군대 참 개판이다, 싶다.

"심 이병, 이거 중대장님 사인인데 가라(가짜) 연습 한번 해볼래?"

매일 쓰는 일지의 중대장 확인란에 출장 기간이 지났는데도 귀대하지 않아 사인이 누락되어 있다.

불시 검열에 대비해 대리 사인을 해야 하는데, 내가 봐도 황 일병 사인은 너무 어색하다.

사수가 시키는 일이고 오랫동안 조수로 있을 거라고 동생처럼 돌봐주는데 못하겠다고 거절할 수도 없는 노릇이다.

열심히 연습해서 거의 구분 못 할 수준으로 대필했고 황 일병한테 대견하다는 칭찬도 받았다.

"이거, 누가 했어! 황 일병 네가 했나?"

근 한 달 만에 귀대한 중대장이 화가 잔뜩 나서 눈을 부라린다.

"넷, 제가 했습니다."
나는 겁이 났지만, 벌떡 일어나 차렷 자세로 대답했다.

－철썩! 쫙. 쫙쫙. 철썩! 쫙～

좌우 뺨에 교대로 열댓 번 불이 나고, 눈물이 튄다.

"제가 시켰습니다, 중대장님! 저를 때리십시오. 심 이병은 잘못 없습니다."

황 일병이 감히 중대장 소매를 붙잡고 애원한다.

씩씩거리던 중대장도 너무 심했나 싶은 표정으로 아무 말 없이 쓱, 서무실을 나가버렸다.

황 일병은 찬 물수건으로 퉁퉁 부은 내 볼을 닦고 화랑 담배에 불을 붙여 입에 물려주고는, 부리나케 대대본부 행정반으로 달려가더니 손수건에 대대장 전용 얼음조각을 얻어와서 냉찜질해준다.

"아, 씨이~ 우짜란 말이야! 안 해놓으면 자기가 다칠 거면서. 심 이병, 미안해. 내가 사인해야 했던 건데 괜히 시켜서."

"괘한심니더, 많이 안 아픔니더. 뺨때기는 처음이라서 쪼매…"

강원도 사수는, 경상도 조수 손을 꼬옥 잡고 어루만져준다.

기실은 내가 부모 65세 이상의 독자로 방위병 복무를 해도 되었다.
그런데, 사나이 태어나 군대 경험 한번 해보겠다고 입대했고, 특별한 일이 없으면 두세 달 후에 의가사 제대할 예정이었다.
그러나, 군대 일이라 안 될지도 몰라서 황 일병에게는 차마 그 얘기를 못 하고 차일피일 미루고 있었다.

그 중대장 뺨따귀 사건 이후에 황 일병은 나를 친동생처럼 더 이무럽게 대해주었다.

틈만 나면 자기 어릴 때 고향인 화천군 오음리를 주름잡던 시절 얘기를 실감 나게 들려주곤 했다.

"심 이병, 너 그거 모르지? 가시나들, 그게 다 다르게 생겼다! 킥킥."

어릴 때 냇가에서 땅 짚고 자맥질할 때 본 얘기지 싶은데,
오음리 처자들은 다 자기 거라는 둥, 숙이는 어떻고 자야는 저떻고, 자랑이 늘어진다.

짙은 눈썹에 '커크 다글라스' 턱을 가진 호남형 얼굴이라 그러려니 곧 이들리기도 한다.

그런데 근 석 달이 되어가는데도 아직 연애편지 온 것을 보지 못했다.
아마 황 일병이 입대한 뒤에 카사노바 행각이 들통나서, 오음리 아가씨들이 단체로 고무신을 거꾸로 신어버렸는지도 모르겠다.

한여름 뙤약볕의 유격훈련도 나 대신 황 일병이 가겠다는 것을, 나에게는 단 한 번뿐 일지 모를 기회라는 말은 못 하고,

"제가 최 상병님한테 맞아 죽는 거 보시려고, 대신 가려고 합니까?"

하며 문제 사병을 핑계로 겨우 설득해 다녀왔었다.

245

내무반 화단에 채송화와 맨드라미가 빨갛게 익어갈 무렵 어느 날 오후, 서무실로 들어선 나를 황 일병이 뜨악한 표정으로 쳐다본다.

"무슨 일 있습니까, 황 일병님?"

무슨 말을 할 듯 주저하더니 일어나서 종이 한 장을 건네주고는 휑하니 나가버린다.

전역 명령 통지서

'아, 드디어 왔구나! 정말 다행이다. 조마조마했는데.'

기쁨도 잠시, 황 일병에 대한 걱정이 앞선다.
얼마나 놀라고 황당했을까?
제대할 때까지 조수로 있을 거라고 그렇게 좋아하고 아껴줬는데, 내가 먼저 제대하게 생겼으니!

며칠간을 큰 죄인이 되어 황 일병에게 제대로 말도 못 붙이고, 내무반에서도 고참들 눈치만 살폈다.

수령한 예비군복을 둘 데가 없어 전전긍긍하던 마지막 날,
황 일병이 고참들 보는 앞에서 당당히 주름 세워 접어서 내 관물대에

올려주었다.

잠시 후, 밖에 나갔던 황 일병이 들어와,
화랑 담배 은박지에 싸인 작은 당국화 꽃송이 몇 가지를 쓱 건네주고
말없이 나가버린다.

꽃다발 아래 젖혀진 은박지 하얀 속지에 까만 볼펜 글씨가 보인다.

니기미 X이다

왈칵, 눈물이 쏟아졌다.

심한 욕을 읽고 눈물을 흘리다니.

시 화

꽃보다 고운

이재영

아내가 봄이 왔다며
개나리와 진달래를 꺾어왔다

봄 냄새 맡으며 유리컵에 정성껏 꽂아
티브이 옆 아내 사진틀 곁에 놓았다

고개 돌려 먼 데를 바라보는
사진 속 오십 중반의 아내가
꽃보다 더 아름답다

초등 5 · 6학년을 한 반에서 보내고
결혼 47년 만에 두 아들과 며느리,
손녀까지 일곱 가족 만들었다

칠순 된 내 눈에는
지금 할멈이 저 아줌마보다도
훨씬 더 고와 보인다

저녁 산책

이재영

해 질 녘 공원 숲길 손잡고 거닐면서
다정한 얘기 속에 하루해 마감하니
한평생 함께한 인생, 곱게 피는 꽃노을

문예감성 및 매일신문 시상식

2015 문예감성 신인상 시상식

2019 매일신문 시상식

꽃 노을

펴낸날 2022년 12월 2일

지은이 이재영
펴낸이 주계수 | **편집책임** 이슬기 | **꾸민이** 김태안

펴낸곳 밥북 | **출판등록** 제 2014-000085 호
주소 서울시 마포구 양화로 7길 47 상훈빌딩 2층
전화 02-6925-0370 | **팩스** 02-6925-0380
홈페이지 www.bobbook.co.kr | **이메일** bobbook@hanmail.net

© 이재영. 2022.
ISBN 979-11-5858-659-1 (03810)